미역국에 밥 한 그릇

미역국에
밥
한 그릇

김준호 글

손심심 그림

미역과 쌀과 보리의
문화원형에 대한 담론

學而思 학이사

미역과 쌀과 보리의 문화원형을 찾아서

19세기에 들어, 생명체마다 다른 몸을 구성하는 고유한 유전 정보를 담고 있는 화학 물질인 DNA의 발견은 생물학에 일대 혁명을 가져왔다. DNA는 한 생명이 태어나면서부터 일생을 다할 때까지 같이하며 또 후손에게 이어졌다.

이 DNA가 기억하는 가장 강력한 정보가 음식 문화였다. 음식은 한 민족의 생활과 문화를 그대로 알려주는 전통문화의 정수였다. 특히 선조들이 대를 이어 먹었던 음식에 관한 유전자 정보는 마치 연어가 3년간 바다에 살다가 자기가 태어난 고향을 찾아 알을 낳으러 회귀하는 본능같이, 살아있는 화석같이 연결되었다.

나는 젊은 시절부터 궁금한 것은 못 참고 꼭 해답을 찾아야 하는 편력으로 문화원형을 파헤치는 글쓰기와 그 배후에 얽힌 옛 소리를 배우며 널뛰기를 하였다. 그리고 늘 출생 음식이자 첫밥인 미역과 쌀과 보리에 대한 화두를 품고 다녔다.

인간으로 생명을 받아 태어나는 일은 통과의례 중에서 참으로 신성하고 지극한 정성의 통과의례였다. 한민족은 독특하게 아이를 낳은 산모에게 첫밥으로 미역국과 하얀 쌀밥을 먹였다. 그리고 삼신할미께도 미역국과 쌀밥을 올렸다. 따지고 보면 아이가 어머니를 통해서 먹은 첫 밥도 모두 미역국과 쌀밥인 셈이다. 그리고 죽을 때까지 생일상에 미역국과 쌀밥은 빠지지 않았다. 이러한 풍속은 아무리 햄버거와 피자와 파스타가 판을 쳐도 우리 사회에 예부터 지금까지 끈질기게 전해져 내려오고 있다.

힘들고 서러운 시절에 쌀밥은 정말 특별한 음식이었다. 한민족 여성들은 출생 풍속으로 산모가 미역국과 흰 쌀밥을 잘 먹어야 젖이 잘 나와 아이가 튼튼해진다고 배웠다. 그러나 과거에는 여염집 살림살이에 쌀은 화폐보다도 가치 있는 귀한 곡물이었다. 그나마 아들이라도 낳아야 금줄에 붉은 고추라도 걸고 초칠일 동안 쌀밥에 미역국이지, 딸을 낳으면 금줄에 숯만 걸었고, 아무리 산모라도 으레 미역국에 보리밥이 주어지는 것이 현실이었다.

누구도 밥 앞에서 자유로울 수 없었다. 쌀밥과 보리밥은 우리네 삶의 목적이고 수단이었다. 보리밥은 일상식으로 현실적인 먹거리였고, 쌀밥은 의례나 절식, 생일 등 기념할 날에만 먹을 수 있는 이상적인 먹거리였다. 굶어 죽지 않기 위해 보리밥이나마 배불리 먹는 것을 희망으로 삼았던 가난한 시절도 있었다. 적어도 한민족에게 미역국과 쌀밥과 보리밥은 단순한 먹거리의 차원을 떠나 수천 년간 그 역사를 더해 우리네 고유한 문화와 정서를 담고 있는 위대하고 신앙적인 음식이었다.

세계에서 유일하게 탄생 음식으로 먹는 미역국과 쌀밥은 언제부터 시작한 것일까? 왜 하필 미역국이었을까? 과연 우리만 미역국을 먹었을까?

페루의 나스카 일대의 사막에는 오직 비행체로만 관찰할 수 있는 수십에서 수백 미터에 이르는 신비하고 거대한 지상화가 수십 점 그려져 있다. 그중에서 Tree(나무)라고 불리는 70m짜리 의문의 그림이 있다. 1975년 미국의 고고학 연구팀은 나스카에서 남쪽으로

3,500km 떨어진 칠레 남부 몬테 베르데 계곡에서 14,500여 년 전에 사람이 거주했던 구석기시대 건물 유적을 발견하였다. 놀랍세도 그곳에서 발견된 유물 중에 음식으로 쓰인 미역이 발견되었다.

나스카 지상화의 얼핏 나무같이 보이는 그 그림은 아무리 살펴보아도 나의 눈에는 미역을 그린 것이었다. 나스카 지상화의 Tree가 미역(Seaweed)이라는 나의 확신은 정확했다. 뒷받침을 해주듯 2013년, 페루 연구팀은 나스카 유적과 지척 거리의 팔파 유적지에서 45m의 거대한 다시마 그림을 또다시 발견하였다. 지구 반대편에서 미역을 숭상하는 한민족과 닮은 또 다른 미역 인류가 발견된 것이었다. 그들은 누구이고 대체 어디에서 왔을까? 나는 그렇게 수십 년을 빠져들었다.

인간의 본태 고향은 바다이다. 그래서 어머니의 뱃속의 양수는 바닷물과 성분이 거의 같다. 아무리 아득한 과거에 선조들이 남긴 미스터리라도 인간의 몸은 DNA라는 안테나를 통해 시공을 초월하여 현재와 상호작용을 한다. 어쩌면 미역은 인간의 고향인 바다

시절의 유전적 기억이고, 쌀과 보리는 육지에 적응한 시절부터 인간의 기록일지도 모른다.

　나는 운이 좋아 바닷가에서 태어나 해물 박사급의 강윤순 할무니와 이명자 어머니께 미역에 대해 배웠고, 평생 미역과 함께 살았다. 그리고 이우분 할무니께 쌀농사와 보리농사 짓는 법을 배웠다. 이러한 경험으로 미역과 쌀밥과 보리밥의 어려운 문화 코드를 탐구하여 흥미로운 문화원형의 이야기를 쉽게 풀어낼 수 있었다.

　우수콘텐츠로 선정, 지원해 주신 대구출판산업지원센터와 갖은 애를 써 주신 도서출판 학이사 식구들께 늘 고마운 마음이다.

2022년 가을에
김준호 손심심

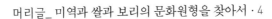

● 쌀 문화 일만 오천 년

● 그 보릿고개 너머

미역 로드

미역국에
밥 한 그릇

고구려인들은 고래가 일 년 동안 임신을 한 다음, 몸을
풀고 미역을 뜯어 먹는 사실을 알아내었다. 그리고 고래
에게 미역이 산후조리에 특별한 효능이 있다는 것을 배
워 인간의 해산 식품으로 받아들였다. 이것이 해산미역
이었다.

미역을 먹는 나라

한식당의 독특한 메뉴 중에 손님이 음식을 정하지 않고 주인이 일정한 가격에 맞추어 마음대로 차린 밥상인 정식定食이라는 것이 있다. 정식은 한식의 가장 기본 차림인 '밥과 국'의 탕반湯飯에 계절이나 지역에 따른 반찬이 곁들여지는데, 가장 많이 쓰이는 국이 있었으니 바로 미역국이었다.

> 큰솥은 서말지요 암솥은 두말지네
> 큰솥에는 밥을짓고 암솥에는 국을끓여
> 미역국에는 짐이나고 조피국에는 땀이나네
> 온동네 부역꾼아 이밥한솥 묵어주소
> — 울산 중구 〈지신밟기〉 중에서
>
> 캥자캥자 캥서방아 엎어치고 술묵자
> 미역국에는 땀나고 조피국에는 짐난다
> — 동래지신밟기 〈술풀이〉 중에서

미역국과 조피국(조포국/두부국)이 들어가는 이 사설은 울산, 부산, 경남의 '지신밟기'나 '불매소리'에서 불리는 노래이다. 이 사설이 내포하고 있는 뜻은 크게 두 가지이다. 첫째는 미역국과 조피국은 제의를 지낼 때 신께 올리는 제물의 일종이라는 사실이다. 특히 불교의 수용으로 불살생의 절 법도가 민간에 전래한 경우이다. 둘째는 미역국과 조피국이 대동 음식 역할을 했다는 것이다. 과거에 미역국이니 조피국은 마을 고사에 쓰이는 음식으로 신인공식神人共食을 하기 위해 대량으로 만들던 음식이었다.

미역이라는 이름은 '미+역'의 합성어이다. '미'는 물을 지칭하는 고대어로 미더덕, 미숫가루, 미꾸라지, 매생이 등에 그 흔적이 있고, '머, 메, 매'와 혼용됐다. 일본어로 미역을 뜻하는 若布〔와카메〕도 그 계통이다. '역'은 미역의 모양새가 매운맛이 나는 풍성한 여뀌의 잎과 비슷하다 해서 붙은 말이다. 여뀌꽃은 요蓼라고 하여 김치 양념으로 쓰이고, 여뀌 잎은 매운맛이 지독해서 찧어서 민물고기 기절용으로 쓰기도 했다. 결국, 물에서 나는 더덕이라고 '미+더덕'이라 하듯이, 물에서 나는 여뀌라고 '매+여뀌'인 셈이다. 15세기에는 '머육'이라 했고, '메육〉메육〉미역'으로 변이하였다. 제주도 방언에는 지금도 미역을 '메역'이라고 부른다.

서양에서는 미역을 바다 잡초로 생각하여 아예 먹지 않았다. 해양 국가인 아일랜드에서 미역을 목욕 재료로 애용하는 정도이고 기근이 닥쳤을 때 구황식으로 먹었다고 한다. 재외 교포들에 의하면 고향 생각이 나서, 그 지역의 미역을 따와 국을 끓이면 질기고 맛이 없어 "아, 이래서 여기는 미역을 안 먹는구나"라는 생각을 한다고 한다.

세계에서 미역을 식용으로 하는 나라는 한국, 일본, 중국이 유일하다. 일본은 우리같이 미역 오이 초무침도 있고, 미역 오이 냉채인 스노모노도 있고, 미역 우동인 와카메 우동도 유명하다. 특히 일본식 된장국 미소시루에는 꼭 미역을 넣어 먹었다. 하지만 일본인들은 다시마를 훨씬 더 좋아해서 미역을 다시마의 조연으로 여긴다.

중국 푸젠성과 대만은 해양도시답게 해산물 요리가 발달하여 있다. 고급 식재료인 제비집을 넣은 미역 수프도 있고, 기름으로 볶은 요리인 매운 미역 줄기 볶음을 즐겨 먹는다. 그리고 원래는 가난한 사람들의 음식으로 시작했지만, 한국에서 국민 음식으로 자리 잡은 짬뽕의 고향이기도 했다. 돼지 뼈로 육수를 내고 채소들과 해물을 볶아 육수를 만드는데, 미역이 빠지지 않는다. 특이하게도 바다와 떨어진 내륙 지방인 쓰촨의 무침 요리인 홍요쌴쓰나 마라탕, 그리고 베이징의 지단탕이라는 계란탕에도 미역이 부재료로 약간 들어간다.

그 반면에 한국은 미역에 미친 나라이다. 그만큼 미역이 잘 자라는 곳이고, 먹기 좋은 미역이 많이 생산되기 때문이다. 고려 때 송나라의 사신 서긍徐兢이 고려를 방문하고 『고려도경高麗圖經, 1123』이라는 보고서를 작성하였다. 그중에 고려인들의 미역국에 관한 이야기가 등장한다.

"以至海藻昆布, 貴賤通嗜, 多勝食氣, 然而臭腥味醎, 久亦可猒也.
해조인 미역을 귀천 없이 좋아하는데, 식욕은 돋워 주지만 냄새
가 비리고 맛이 짜므로 오래 먹으면 싫증 난다."

중원 내륙 사람인 서긍은 미역을 다시마와 구별하기 어려워 昆
布곤포/다시마라고 하고 있으며, 그의 입맛에는 미역이 안 맞은 것
같다. 貴賤通嗜귀천통기의 嗜기는 '매우 치우쳐 좋아한다' 라는 뜻
으로 귀천을 따지지 않고 미역국을 심하게 치우쳐 좋아하는 고려
인들의 식습관을 그리고 있다.

한국인에게 미역은 단순하게 식품을 넘어, 생명을 받은 날을
상징하는 탄생 해조로 쌀밥, 김치, 된장과 함께 문화 원형질로 발
전하였다. 건조한 미역은 운송의 편리함으로 두메산골 구석까지
들어갔고, 임금부터 일반 백성까지 즐기는 사시사철용 음식이었
다. 한민족의 피에는 미역 국물이 흐르는 것이 틀림없다.

미역을 워낙 좋아하다 보니 미역으로 만든 음식의 종류는 일
본, 중국보다 월등하게 많았다. 생미역은 따자마자 초고추장에
찍어 먹기도 하고, 물미역 무침이나 미역쌈으로 먹었다. 그리고
미역 줄거리 볶음으로도 많이 먹었고, 짭짤한 미역자반, 미역지
짐, 미역 오이 물김치는 입맛을 살려주는 별미였다. 미역귀는 그
것대로 미역귀 고추장 무침, 바삭한 미역귀 튀각을 해 먹었고, 마
른미역은 건미역볶음, 미역튀각, 미역부각을 만들어 먹었다. 특
히 여름에 주로 먹는 미역냉채에도 미역이 주연으로 들어가야 시

원한 바다 맛이 제대로 우러난 챗국이 완성되었다.

예부터 미역으로 끓인 국이나 탕을 미역국이라 했고, 미역국은 최고의 음식으로 양반들은 곽갱藿羹으로 불렀다. 미역국은 홀로도 우뚝 서는 음식이었고, 아무 부재료나 잘 어울리는 손쉬운 음식이었다.

먼저 주연인 부드럽게 불린 미역을 치대어 깨끗하게 씻어 넣는다. 지역에 따라 여기에 양지머리나 사태 같은 쇠고기를 넣기도 하고, 돼지나 닭고기를 넣기도 하고, 절집에서는 들깨, 표고, 두부 등을 넣기도 했다. 바닷가에는 도다리, 도미, 우럭, 광어, 납세미, 홍합, 개조개, 전복, 성게를 넣기도 했다. 여기에 간장과 참기름을 넣어 볶고 물을 붓고 끓이면 오래 끓여도 퍼지지를 않고, 평생 먹어도 질리지 않는 뽀얀 미역국이 탄생하였다.

해산미역

어린 시절 할무니는 내 생일만 되면, 아침 일찍 내가 태어난 큰 방의 북쪽에 짚 한 줌을 깔고 그 위에 내 탯줄을 잘랐던 가위와 묶었던 무명 실패를 얹어놓고, 그 앞에 쌀밥과 미역국과 정화수 한 그릇을 떠 놓고 한참 동안 삼신할미께 기도를 올렸다.

한민족은 모두 미역과 이렇게 인과관계를 맺었다.

쌀밥과 미역국은 우리 역사에서 가슴 뭉클한 사연을 참 많이도 가지고 있다. 1937년 소련 공산당은 일본의 영토 확장을 경계한다는 명목으로, 극동 블라디보스토크에 거주하는 고려인들을 내륙으로 강제 이주시켰다. 조국이 없는 식민지 백성 18만 고려인들은 강제로 열차 화물칸에 태워져 40여 일 만에 어느 곳에 도착했다. 그곳은 불모의 땅, 지금의 중앙아시아 우즈베키스탄 타슈켄트였다.

'카레이스키' 라고 불린 이들 고려인은 낯선 곳에서 차별과 무시를 받으며, 땅굴을 파서 온돌을 깔고 억척스럽게 황무지 땅을 개척하여 농사를 지었다. 그리고 조상 제사를 지내며 한복을 입고 아리랑을 부르고 쌀밥과 김치를 먹는 등 고려인의 정체성을 그대로 지키며 그곳을 옥토로 가꾸었다.

이주 초기에는 풍토병으로 많은 아이가 죽어 나갔다. 그래서 새로운 정착지에서 여성의 임신과 출산은 동포 사회 전체에서 더욱더 귀하게 대우를 받았다. "여자가 임신과 해산할 때의 서러움은 평생 간다"라는 말이 있다. 조국을 잃은 타지에서 출산하는 서러움을 덜기 위해 고려인 산모에게는 미역국을 끓여 먹여야 했다.

우즈베키스탄은 내륙 지역이라 주변에 바다가 없었다. 그러나 고려인들이 누구인가. 그들은 7,000km나 떨어진 연해주에서 건미역을 구해서 몸을 푸는 산모에게 닭고기를 넣은 미역국을 끓여 주었다. 참 지독한 미역 신앙이었다. 그 면면한 전통이 이어져 타슈켄트의 고려인들은 지금도 미역국을 '메기장물이'라고 하며 귀한 음식으로 여긴다.

한민족의 가슴 시린 사연을 가진 해산미역은 어디에서 유래되었을까? 해마다 함경도 해안으로 회유하는 고래는 덩치만 컸지, 신기하게도 습성이 인간과 많이 닮아 있었다. 같은 포유류이고, 감정도 있고 지능도 높고, 인간과 같이 언어가 있고, 노래도 부르고 청각적인 의사소통을 하였다. 고래는 동료 간 우정도 강하여 죽음을 보살피고 부모를 잃은 새끼 고래를 공동육아하며 서로를 위로한다고 한다. 그리고 부모의 사랑과 교육열이 지극하여, 출산하고 새끼에게 두 개의 젖꼭지로 젖을 먹이고 사냥하는 법도 가르치는 등 무척 인간과 닮았다.

1912년 울산에서 '한국 귀신고래Korean Gray Whale'라는 이름을 처음 작명해 주고 연구하였던 미국의 동물학자 앤드루스Roy Chapman Andrews, 1884~1960는 그의 논문에서 "고래가 미역을 먹는다"는 사실을 최초로 보고하였다.

> "In every case the stomach was more or less filled with dark green water in which the only solid materials were bits of kelp, a little seaweed, and small masses of a light green gelatinous material.
>
> 모든 경우에 위에는 짙은 녹색의 물로 가득 차 있었고, 유일한 고체 물질은 다시마 조각, 약간의 바다 잡초, 그리고 밝은 녹색 젤라틴의 작은 덩어리였다."

앤드루스와 포경 선원 출신들은 이 고래를 신출귀몰하게 잘 숨는다고 귀신고래라고 불렀지만, 실제로 울산 지역의 고로古老들은 이 고래를 바위 사이를 돌아다니며 미역을 따 먹는다고 돌고래라고 불렀다.

일찍이 인류는 자연과 더불어 살아오면서 동물들에게 생존방식이나 삶의 지혜를 배웠다. 무리 지어 살면서 천적을 막아내는 법을 초식동물 누우 떼에게서 배웠고. 극한 지역에서 살아남는 법을 낙타와 황제펭귄을 통해 습득했다. 우리 조상들도 두루미가 온천수로 다리를 치료하는 것을 보고 온천물의 효험을 알았고, 까치가 집을 짓는 높이를 보고 그해 태풍의 강약을 짐작했고, 두꺼비의 이상 출몰로 매우 급한 지진의 위험을 미리 감지하였다.

이와 비슷한 맥락으로 고구려인들은 고래가 육지와 가까운 연안에 서식하였기 때문에, 일찍부터 고래의 해산 후 산후조리 식

생활을 세밀하게 관찰해 왔다. 그리고 어느 날 고구려인들은 고래가 일 년 동안 임신을 한 다음, 몸을 풀고 미역을 뜯어 먹는 사실을 알아내었다. 그리고 고래에게 미역이 산후조리에 특별한 효능이 있다는 것을 배워 인간의 해산 식품으로 받아들였다. 이것이 해산미역이었다. 이것은 막연한 전설이 아닌 기록으로 정확하게 전해지고 있다.

"高麗人 看到鯨魚産下幼崽後啃食海帶 使産後的傷口癒合 於是給産婦餵海帶.

고구려인들은 고래가 새끼를 낳은 후 미역을 먹으며 상처를 치유하는 것을 보고, 산부에게 미역국을 먹였다."

— 『초학기初學記』, 서견徐堅, 659~729

"바닷가의 한 사람이 물일을 하다가, 갓 새끼를 낳은 고래 뱃속에 들어가게 되었다. 그는 고래 뱃속에 미역이 가득 붙어 있고 장내의 좋지 않은 피가 녹아서 물이 되고 있음을 보았다. 그 후 간신히 고래 뱃속에서 나와 고래가 미역으로 산후의 보양 삼음을 세상 사람들에게 알렸다. 사람들도 비로소 그 좋은 효험을 알아 이후 산후에 미역국을 먹게 되었다."

— 『오주연문장전산고五洲衍文長箋散稿』, 이규경李圭景, 1788~1856

"임신부가 해산하면, 민가에서 짚자리, 기저귀, 쌀, 미역을 장만해 놓고 첫국밥을 먹기 전에 산모 방의 남서쪽을 깨끗이 치운 뒤, 쌀밥과 미역국을 세 그릇씩 장만해 삼신三神상을 차려 바쳤는데,

— 『조선여속고朝鮮女俗考』, 이능화李能和, 1926

이러한 기록이나 설화를 보면 고래가 출산하고 나면, 꼭 미역을 뜯어 먹는 것을 보고 배워, 선조들은 오래전부터 아이를 낳고 산모 미역을 먹기 시작했음을 알 수 있다.

한민족에게 미역은 산후선약産後仙藥으로 불리는, 출산과 탄생의 제의적 음식으로 산모는 미역국으로 산후 건강을 회복하였고, 아이는 그 젖으로 골격을 갖추어 갔다. 그래서 어머니가 해산 후에 먹는 미역국을 첫국밥이라 하여 푹 고아서 쌀밥과 함께 먹어 기력을 회복하였다. 어미와 아이가 미역국으로 연결된, 그것을 기념하기 위해 오늘날까지 꼭 생일상에 미역국이 포함되었다.

또 임산부에게 순산을 기원하며 건미역을 선물하는 독특한 풍습이 생겼다. 특히 산모가 먹을 미역은 해산미역이라 하여, 구할 때부터 몇 가지 엄격한 금기가 따랐다. 이 금기는 지금도 그대로 이어지고 있다. 사는 사람은 해산미역은 최고로 좋은 품질이고 넓고 길게 붙은 것으로 고르며 절대로 값을 깎지 않았다. 파는 사람도 산모의 순산을 빌며 해산미역을 포장할 때는 긴 미역 그대로, 꺾어서 싸지 않고 새끼줄로 묶어주었다. 미역값을 안 깎는 것은 아기의 장수를 비는 뜻이고, 미역을 접지 않고 긴 미역 그대로 새끼줄에 묶어주는 것은 순산하여 새끼를 잘 낳으라는 뜻이 있는

민속이었다.

한민족에게 미역은 해산을 주관하는 삼신할매 그 자체였다. 그리고 그것은 인간에게만 해당하는 것이 아니었다. 집안의 암소가 송아지를 낳아도 밥과 미역국을 소 삼신에게 올리고, 그것을 소에게도 먹였다.

그렇다고 미역국이 항시 사랑을 받은 것은 아니었다. 세상만사가 모두 양면이 있었다. 미역은 미끄러운 성질을 가지고 있었다. 그래서 아기를 순산하기를 바라는 좋은 풍습의 얼굴도 있지만, 조선 시대 입신양명을 바라는 선비들에게 "미역국 먹었다"는 낙방을 의미해서 환영받지 못했다. 과거에 합격하는 것이 유일한 출세 수단이었던 그 시대에 '미끄러진다는 미역과 죽령', '낙방한다는 낙지'와 '떨어진다는 추풍령'은 일단 피하고 싶은 것은 어쩔 수가 없는 인간의 속성이었다.

미역의 동해안

미역에 대한 최초의 기록은 『삼국유사』 「연오랑세오녀延烏郎細烏女」에 나온다. 신라 8대 아달라왕 4년(157년)에 연오랑세오녀 부부가 동해안 연일 인근에 살고 있었다.

> "一日延烏歸海採藻忽有 一巖負歸日本. 國人見之日 此非常人也 乃立爲王.
>
> 하루는 연오가 미역을 따고 있는데, 한 바위가 움직이더니 그를 싣고 일본으로 갔다. 그 사람들이 비범한 사람이라며 왕으로 삼았다."

해채海採는 오랫동안 미역을 뜻하는 말로 쓰여 왔다. 조선 시대까지 미역 따는 배를 해채선海採船, 미역을 해채海採라고 표현했다. 한반도의 미역은 파도와 바위만 있으면 모든 연안에서 잘 자랐다. 탐라와의 교통이 불편한 시절에는 연오랑세오녀 설화같이 동해안에서 생산되는 미역을 최고로 쳐주었다.

함경도 미역은 「위지동이전」에 "옥저 땅은 맥, 베, 생선, 해초를 많이 생산한다"라고 하였고, 예부터 중원에까지 소문이 나서 공물로 보냈다는 기록이 여럿 보인다. 고려 말엽 문신 이색李穡, 1328~1396은 경북 영덕 출신이라, 미역 따기의 고단함을 잘 알고 있었다. 그는 선물로 가져온 강릉 미역을 먹으며 『목은시고牧隱詩藁』에서 미역 믹기의 미안함을 이같이 적고 있다.

海菜年年送 미역을 해마다 보내 주어
山齋日日嘗 산재에서 날마다 먹는구나
始知淸病目 처음엔 병든 눈이 맑아짐을 알았고
漸喜潤詩腸 점차로 시상이 윤택해져 기뻐라
絶島春光遠 외딴 섬에 봄빛은 멀고
狂風浪勢揚 광풍에 파도는 높구나
探來非易得 미역 따기란 본래 쉽게 얻지 못하니
細嚼意蒼茫 살살 씹는데 마음이 좋지 않구나

17세기 허균이 쓴 음식 평서 『도문대작屠門大嚼, 1611』에서 "올미역은 정월에 삼척에서 딴 것이 가장 좋다"라고 하며 동해안 삼척 미역을 칭찬했다. 강원도 삼척 원덕읍 신남마을에는 향나무로 남근을 깎아 제를 모시는 해신당이 있다. 옛날 이 마을에 혼인을 약속한 처녀가 살고 있었다. 어느 날 미역을 따기 위해 애바위로

간 처녀가 갑자기 큰 파도에 휩쓸려 바다에 빠져 죽고 말았다. 그 후 고기가 잡히지 않자, 마을에는 시집을 못 간 처녀의 원혼 때문에 그런다는 흉흉한 소문이 돌기 시작했다.

그런데 어느 날 바다를 향해 오줌을 싸면 만선이 된다는 이야기가 떠돌았다. 이후에 다른 어부들도 그렇게 하니 만선을 하였다. 그 후 마을 사람들은 미역을 따다가 죽은 처녀의 원혼을 해신당에 모시고, 뱃일을 나가기 전이나 정월 대보름에 향나무로 남근 모양을 깎아 올리며 제를 지내기 시작했다. 이때 제물을 반드시 쇠고기 미역국을 올리고 음복 후에 마을 사람들끼리 나누어 먹는 풍습을 지속하고 있다.

이 미역 처녀의 전설을 뒷받침해 주는 것이 이 지역의 연안 바위에 자생하는 돌미역이다. 조류와 파도가 거칠고 일조량이 좋아 특출한 맛을 지녀 소문이 난 미역이었다. 특히 해신당에서 20km 아랫동네인 삼척시 원덕읍 월천리 고포 마을은 고려 시대부터 왕실에 진상하던 최고급 돌각 미역의 주산지로 오늘날도 큰 인기를 누리고 있다.

가노가노 언제가노 열두고개 언제가노 (뒷소리)

시그라기 우는고개 이고개를 언제가노
미역소금 어물지고 춘양장은 언제가노

대마담배 콩을지고 울진장을 언제가노
반평생을 넘던고개 이고개를 넘는구나
 – 울진 〈십이령 아리랑〉 중에서

　울산의 북구 판지 마을에는 전설이 아닌, 사료에 실제로 등장
하며 세금을 내는 특별한 미역바위가 있다. 고려가 건국할 때 울
산 지역의 호족 박윤웅朴允雄은 고려에 협조하여 개국공신이 되
었다. 박윤웅은 그 공으로 동진의 땅과 미역이 달리는 곽암藿巖
12구를 하사받아 미역채취권을 가지게 되었다. 그 바위는 지금도
후손들의 문중 이름으로 등기가 되어 정식으로 곽세藿稅라는 세
금을 내며 미역바위, 박윤웅 돌이라 불리고 있다.

　이처럼 미역밭은 그 크기에 따라 세금도 부담했고, 왕가 소속
의 미역밭도 있었고, 논밭과 같이 소작을 주기도 했다. 지금의 부
산 기장 고리원전 자리에 있던 곽전藿田이 그런 미역밭이었다.
1708년 숙종 때의 『비변사등록備邊司謄錄』을 보면 "機張火士乙浦
里採藿田龍洞宮折受 기장 화사을포리의 미역 따는 밭은 용동궁전의 절수이
다"라는 기록이 있다. 그 곽전은 조선 왕실의 별궁인 용동궁전에
소속되어 있어 그 미역을 팔거나 조세를 거두며 직접 관리를 했다.
그만큼 해마다 소출이 보장된 곳이라는 의미를 내포하고 있다.

　동해의 중심 독도와 울릉도는 물살과 파도가 세고, 해안선이
바위로 되어있어, 최상의 돌미역 서식지로 미역과 그것을 먹이로

하는 전복의 천국이었다. 조선이 들어서자 조정은 왜구와 여진족의 침탈에서 주민들을 보호하고자 '빈 섬 만들기'라는 쇄환정책刷還政策을 지속해서 실시하여 다섯 번에 걸쳐 울릉도 주민을 본토로 옮겨왔다. 그 후로 빈 섬이 된 울릉도에는 일본 어민들이 수시로 들어와 목재와 전복, 강치를 도둑질해 갔다.

그렇다고 조선인의 발길이 완전하게 끊긴 것은 아니었다. 조정에서 버린 섬에 몰래 들어가 산 이들은, 130km 거리로 마주하고 있는 육지인 경북이나 강원 사람들이 아닌, 뜻밖에 해상으로 500km나 떨어진 남해안의 거문도 사람들이었다. 1882년 호시탐탐 울릉도를 노리는 일본과 러시아의 움직임을 수상하게 여긴 조정은 이규원을 검찰사로 울릉도에 파견했다. 고종의 명으로 울릉도를 살피러 갔던 그가 쓴 『울릉도검찰일기1882』에는 그 당시의 상황이 세세하게 글과 지도로 남겨져 있다.

검찰사 이규원은 당시 울릉도에 몰래 사는 조선인들을 130여 명으로 파악했다. 그리고 만나지 못한 사람까지 합하면 약 170~180명 정도가 된다고 하였다.

"이들은 대체로 배를 수선하기 위해 머물던 사람들이나, 해초나 해산물 채취를 위하여 머물던 어민들로, 전라도 거문도 초도 사람들이 가장 많았다. 다른 지역에서 온 사람들은 약초를 캐기 위해 머물던 사람들이 대부분이었고, 일부는 다년간 거주하였던 사람들도 있었다."

그리고 이규원은 78명의 일본인이 '대일본국 송도규곡'이라는 표목까지 세워놓고 불법으로 벌목하고 있는 것을 보고 몹시 분개하였다. 그리고 고종에게 울릉도와 독도를 포기하지 말고 울릉도를 개척해서 사람이 살아야 한다는 것을 상소하였다. 이를 계기로 일본에 울릉도 불법 입도에 대한 항의 서문을 보내고, 1900년 대한제국 칙령을 반포하여 울릉도를 독립된 군으로 승격시켰다. 그리고 400년간 실시하였던 쇄환정책을 풀고, 개척민을 이주시키고 지방행정 장관인 군수에게 울릉도와 독도를 관할토록 하여 합법적으로 우리 땅임을 알렸다.

  1882년 울릉도 검찰사 이규원이 만난 거문도 초도 사람들은 과연 어떤 사람들이었을까?

미역의 성지 제주도

조선 시대는 양식 미역이 없어 자연산 돌미역이 주류를 이루었다. 그러나 채취가 위험하고 까다로워, 육지 연안은 그저 바다의 처분에 따라 해안선 연안 일부에서 자라는 것만 채취가 가능하였다. 그러나 바다에 대해 잘 아는 제주 사람들은 달랐다. 그들은 미역도 농사일같이 바위를 닦고 씨를 뿌리고 관리를 해줘야 한다는 것을 훤히 알고 있었다. 따지고 보면 제주인들은 진작부터 미역을 양식한 것과 진배없었다. 오늘날 같은 고등 기술은 아니었지만 적어도 미역의 생장 과정을 꿰뚫고 있었기 때문이었다.

그리고 채취가 문제인데, 제주인들에게는 아무 문제가 되지 않았다. 그들은 뛰어난 잠수 능력으로 깊은 바다에서의 미역 채취가 가능했기 때문이다. 전문 잠수를 하는 남자 포작인鮑作人들은 전복을 캐러 수심 20m 이상의 깊은 바닷속까지도 들어가는 특별한 능력이 있었고, 비교적 얕은 바다에서 미역과 소라를 채취했던 여성 잠수인 좀녀潛女들도 수심 10m 이상은 기본이었다. 2,000년 전, 『삼국지』「위서」동이전을 쓴 진수陳壽도 "一布衣從 海中浮出 베옷 하나만 걸치고 바다에서 일한다"라고 하면서 제주도 사 람들의 잠수 채취 능력에 놀라고 있다.

제주에는 예부터 영등할망이 음력 2월 1일에 내려와, 제주 바 다에 미역 씨를 뿌리고 15일에 승천한다는 전설이 있다. 그만큼 제주 사람들 인식 속에 미역은 신이 내려준 선물이었고, 제주 바 다는 미역의 성지였다.

제주에는 "애기 짐광 메역 짐은 베여도 안 내븐다(아기 짐이랑 미역 짐은 무거워도 안 내버린다)"라고 하는 속담이 있다. 메역은 미역 의 제주 방언이다. 제주에서 미역은 화폐 가치와 같았다. 제주 사람들이 미역을 어떻게 생각하는지 잘 보여주는 말이다.

> "미역은 제주에서 나는 것이 더욱 많다. 토민이 쌓아 놓고 부자가
> 되며 장삿배가 왕래하면서 매매하는 것이 모두 이것이다."
> ─『세종실록世宗實錄』, 이선제李先齊, 1390~1453

> "濟州亦産海藿 牛國仰哺.
> 제주 역시 미역을 생산한다. 나라의 절반이 그것을 먹는다."
> ─『경세유표經世遺表』, 정약용丁若鏞, 1762~1836

제주 미역은 육지에서도 인기가 높아, 애초부터 전복보다 훨씬 비싼 가격에 거래되었다고 한다. 제주에는 물이 날 때 드러나는

잎이 가는 미역을 가새미역이라고 했고, 물이 빠져도 드러나지 않는 먼바다 바위 미역을 암미역이라고 불렀다. 암미역이 가새미역보다 잎도 넓고 맛도 좋아 좀녀들이 늦봄에 직접 물속으로 들어가 채취를 했다.

"제주 미역 머리 감듯"이란 속담이 있다. 제주 돌미역은 폭은 어른 손 한 뼘 넓이에 길이는 여자들 보통 키 길이였다. 길고 형클어진 이것을 제주 여성들이 솜씨 있게 잘 감고 잘 사리는 모습을 보고 생긴 말이다. 그만큼 미역을 따고 건조하는 일은 제주 여인의 삶과 직결되었다. 비록 살기 위해 하는 미역 따는 물질이지만, 좀녀일에는 항상 위험이 도사려 있었다. 좀녀일은 "칠성판을 등에 지고 혼백 상자를 머리에 인다"라고 표현할 만큼 고된 일이었다.

> 넓은바다 앞을재면서
> 한길두길 앞으로가고
> 깊은바다 깊이를재며
> 한길두길 들어가면
> 저승길이 오락가락
> 이어도사나 이어도사나
> 이어도가 저승길의
> 반이라 한다
> – 〈이어도 사나〉

오죽했으면 "저승에서 벌엉 이승에서 썸수다"라고 했을까. 엎친 데 덮친 격으로 조선 시대에는 제주 사람들만 할 수 있는 이러한 잠수 능력은 도리어 제주 사람들을 옥죄는 고통이 되었다.

제주에서만 나는 말, 귤, 전복은 최고의 진상품으로 왕실과 고관대작들의 표적이었다. 특히 과도한 미역이나 전복 공물은 제주 도민의 삶을 더욱 피폐하게 했다.

17세기 초, 문신 조관빈趙觀彬은 제주 유배 생활 중에 본 제주 좀녀들의 참상을 『회헌집悔軒集』에 이렇게 시문으로 남기고 있다.

"해녀가 진상할 전복량을 채우지 못하면, 관청에 끌려가서 매를 맞는다. 심한 경우 부모도 붙잡혀서 질곡에 신음하고 남편도 매를 맞는다. 해녀가 할당을 채우려고 무리해서 바다에 들어갔다가 낙태를 하는 수도 있다."

이러한 과중한 세금과 수탈도 문제이거니와 잦은 왜구의 침탈도 큰 골칫거리였다. 설상가상으로 18세기에 닥친 대기근과 이상기온으로 인해, 제주도민 열에 셋이 굶어 죽는 참담한 일들이 발생했다. 살길은 단 하나뿐이었다. 제주를 탈출하는 일이었다. 그렇게 하나둘씩 아예 배에 가족을 모두 싣고 제주도를 떠났다. 대탈출의 서막이 시작되었다.

제주 미역인들의 거문도 이주

죽기 살기로 제주를 탈출한 그들은 망망대해 바다를 유랑하다가 전라도와 경상도 일대의 섬이나 연안에 정착하기도 하고, 심지어 류큐국이나 타이완, 남중국, 베트남까지 진출하였다. 이렇게 출육하는 도민들의 수가 증가하여 인구가 줄어들자, 조정에서는 1629년 '출육금지령'을 내렸지만, 소용이 없었다.

허목許穆이 남해를 유람하면서 쓴 기행문 『범해록泛海錄, 1641』에 제주를 떠나 남해 해안에서 배를 집으로 삼고 사는 유랑 제주인들에 대한 기록이 있다.

"泊南海之涯 其人以舟爲室 善沒海取蠔 鶉衣而極貧 此蠃虫志所謂蜑類.

남해의 바닷가에서 묵었다. 그쪽 사람들은 배를 집으로 삼고, 바다에 들어가 굴과 조개를 잘 따는데, 낡은 옷 걸치고 있어 매우 가난하였다. 이들은 '나충지'에서 말하는 '연만'과 같은 부류이다."

배에서 생활하는 이들의 모습을 보고 허목은 제주 포작인들을 나충지贏蟲誌에서 말하는 바다에 들어가 굴조개를 잘 따는 연만蜒蠻과 같다고 적고 있다. 한편 남해안 섬이나 연안의 원주민들은 이렇게 모여 사는 이탈 제주도민을 두무악, 두모악이라 불렀다.

전라도 거문도는 제주 두무악에게는 신세계였다. 일단 거문도는 제주와 여수까지 225km의 절반 거리로 바닷길로 보자면 가까운 거리였다. 그리고 주변 앞바다는 어로 자원이 풍부했다. 그리고 인심이 유순하고 생활환경이 제주와 비슷해서 아무 문제가 없었다. 두무악들은 원주민들과 섞여 살면서 크게 마찰이 없었다. 왜냐하면 거문도를 비롯한 서남해의 섬 주민들은 오랜 세월 동안 동아시아 국제 항로의 중심에 있어 장보고 시대부터 외방인에 익숙해서 무척 개방적이었다. 1885년 영국 해군의 거문도 점거 사건도 이러한 선상에 있었다. 실제로 당시 거문도 사람들은 조선 사람에게 임금을 주고 노동을 시키는 영국 사람들과 우호적으로 친하게 지냈다고 한다.

이러한 서남해인들의 외부 세력에 대한 개방적인 기질은 제주 사람들에게도 그대로 적용되었다. 두무악들은 기존 서남해 어민들의 생존방식과는 전혀 다른, 흉내도 낼 수 없는 특별한 기술을 가지고 있었기 때문에 쉽게 동화될 수 있었다. 제주 사람 두무악은 땅에 대한 욕심이 없었다. 그들은 삶의 터전인 바다를 땅으로 삼아 바당, 바당밭이라고 불렀다. 변변한 장비 없이 차가운 바닷

속에서 채취 작업을 하는 이러한 험한 일은 기존의 섬이나 연안
의 원주민들은 상상도 못 하던 일이라, 쉽게 원주민들과 조화를
이루며 서로 동화되어 살 수 있었다.

　미역 농사의 달인 제주 사람들의 미역 양식 기술과 채취 기술
이 거문도와 그 인근에 그대로 전수되었다. 그래서 지금도 미역
하나만 놓고 보더라도 제주도와 거문도를 이어주는 동질 문화 원
형의 수많은 공통점이 산재해 있다.

제주도는 워낙 미역이 성한 곳이라 건미역을 묶는 단위가 따로 있었다. 미역을 잘라 길게 늘어 말리는 것을 한 가닥이라 했고, 스무 가닥을 한 뭇, 열 뭇을 한 접, 열 접을 한 동이라 했다. 거문도도 제주도와 미역을 세는 도량형 단위가 똑같다. 좀녀들이 물속으로 들어가 미역을 채취하는 방법도 같고, 거문도도 제주와 같이 미역밭은 공동소유이고 공동 작업을 한다. 화학 비료가 없던 시절에는 거름용 바다풀인 비조肥藻를 따서 보리밭에 밑거름으로 주는 방법도 똑같다. 제주에는 이를 고지기라 했고 거문도에는 갯말이라고 부르는 차이만 있을 뿐이었다.

어로 신의 모습도 형제같이 닮았다. 거문도에는 어로의 만선과 안전을 지켜주는 수호신 고도리 영감의 전설과 힘센 장사 오도리 영감에 대한 이야기가 전해지고 있다.

"옛날 거문도에 물고기가 잡히지 않자, 용왕제를 지내게 되었다. 그때 신기한 바위 하나가 바다에서 떠내려왔다. 그 바위를 산에 모시고 제를 지내니 물고기가 풍어를 이루었다. 그 후 거문도 사람들은 그 바위를 '고도리/고두리 영감'이라 불렀다."

"거문도 동도의 죽촌 마을 해안가에 쓰러진 한 청년이 발견되었다. 겨우 살려내니 자신의 이름이 '오돌이'인데, 풍랑을 만나 표류하게 되었다고 했다. 어느 날 오돌이와 거문도 사람들이 배를 몰아 울릉도를 다녀오는데, 왜구를 만나게 되었다. 모두 두려워하고 벌벌 떨었다. 그때 오돌이가 힘을 발휘하여 왜구들 수십 명을 제압했다. 그 후 그는 '오도리 영감' 이라는 소리를 들으며 거문도에서 존경받으며 잘 살았다."

이 두 가지 설화의 '떠내려온 바위, 표류, 왜구를 제압하는 힘' 등은 모두 제주 출신의 외지인들의 집단 이주를 모티브로 하고 있다. 특히 '고도리 영감' 은 전형적인 제주 신격의 유형이다. 여러 제주 신화에서는 '고동지 영감' 으로 나타난다. 제주 양씨 시조 설화에서는 제주 고씨 고동지 영감이 훌륭한 조력자로 등장한다. "양이 목사는 탐라에서 제일 빠른 고동지 영감의 배를 타고 도망갔다"라고 했고, 이어도 설화에서는 "고동지를 따라서 온 여인을 마을 사람들은 여돗할망으로 모셨다"라고 하며 모두 양이 목사, 여돗할망을 도와주고 있다.

제주에서는 조상을 모시는 신격들의 이름에 명예직 벼슬의 일종인 동지同知를 붙여 부르고, 그 뒤에 윤동지 참봉당과 같이 신들을 영감 또는 참봉이라 불렀다. 그리고 거문도가 고도리 영감을 어업의 신으로 모시듯이, 제주 성산읍 신천리의 돈지당은 입향조인 김동지, 황동지, 이동지, 고동지를 배와 해녀들의 수호신으로 모시고 있다.

이렇게 제주도의 해양 이주민들은 거문도에 정착하게 되었고, 두 해양 문화는 서로 융합하여 새로운 거문도 문화로 탄생하였다.

미역인,
거문도에서 울릉도로 가다

거문도와 서남해 섬에 정착한 제주 포작인들은 적어도 바다에 대해서는 최고의 전문가들이었다. 오랜 바다 생활을 통해 조류의 흐름을 정확하게 알았고, 바람과 구름을 읽었다. 튼튼한 배를 건조하는 기술도 뛰어났고, 이름 없는 섬의 물이 나오는 샘터까지 꿰뚫고 있었다. 적어도 바다에 대해서는 따라올 자가 없는 사람들이었다.

거문도는 해마다 봄에 타이완 동쪽에서 시작해서 북쪽으로 일본을 거쳐 흐르는 쿠로시오 해류의 중심에 있었기 때문에 고대부터 동아시아 뱃길의 중요 거점이었다. 거문도와 초도의 포작인과 그 후손들은 해마다 봄이 되면 쿠로시오 해류와 북서 계절풍을 타고 욕지도와 부산 절영도와 포항을 거쳐 울릉도와 독도를 향하여 배를 띄웠다. 또는 하늬바람이나 마파람이 부는 시월 초순에 갔다가 겨울을 보내고, 거문도로 올 때는 이월 중순에 새바람이나 높새바람을 타기도 했다. 한마디로 수시로 울릉도와 거문도를 오간 셈이었다.

거문도와 울릉도는 지도상으로 보면 500km나 되는 먼 거리지만, 해류와 바람만 잘 타면 빠르면 삼사일, 늦어도 한 달 만에 울릉도에 도착했다. 그럼 왜 거문도 사람들은 망망대해에 죽음을 무릅쓰고 울릉도로 갔을까?

서문도는 해양성 기후와 척박한 자연환경으로 농사짓기에는 적합하지 않고, 오로지 해산물을 채취하는 것만으로 생활을 영위했다. 밭뙈기 하나 없는 초기에 정착한 포작인들은 생존을 위해서 주 수입원인 미역과 전복을 연안의 바다에서 채취해야 했다. 하지만 거문도와 초도는 채취 구역이 너무 좁고, 가까운 섬에서의 채취도 자칫 어업권 분쟁에 휘말릴 수 있어, 새로운 채취구역을 개척해야 했다.

이런 절박한 그들에게 울릉도와 독도는 환상의 섬이었다. 일단 조선의 영토임이 분명했지만, 쇄환 정책으로 사람이 살지 않으니 눈치 볼 일이 없었다. 그리고 사람이 살지 않으니 관청의 간섭이 없었고, 과도한 조세와 수탈에서 벗어날 수 있으니 더할 나위가 없었다. 그래서 제일 무서운 좌·우수영 군선의 눈을 피해 울릉도로 향했다.

거문도 사람들은 동아시아의 해상 중심 항이라는 지정학적 위치로, 예부터 중국, 일본, 류큐국과의 무역이 빈번했던 곳이라 울릉도로의 진출은 그리 어려운 항로가 아니었다. 고로들의 증언과 기록에 의하면 울릉도로 가는 도중에 병으로 죽거나 태풍을 만나 몰살하는 예도 많았다고 한다.

조선 영조 때 문신 김이해金利海, 1721~1785가 약관 21세에 지금의 고흥 흥양 현감을 지내다가 모함으로, 거문도 서도로 귀양을 오게 되었다. 그에게는 독자 아들 홍형이 있었다. 이 아들은 유배객의 아들이라 과거를 치를 수가 없었다. 할 수 없이 과거를 포기하고 거문도 사람들과 같이 울릉도로 가는 뱃일을 했다. 그러나 울릉도로 떠난 그 배는 그의 나이 33세 때, 1771년 태풍으로 파선하여 모두 몰살하고 말았다. 그의 시신은 경북 영덕 축산에서 발견되었는데, 차고 있던 호패로 인해 그의 가족들은 한참 지나서 그 비보를 들을 수 있었다. 지금도 영덕에 있는 김홍형의 무덤은 거문도 사람들의 울릉도행을 증언해 주고 있다.

김이해는 65세로 죽을 때까지 유배가 풀리지 않았고, 외아들을 잃은 슬픔으로 서당에서 후학을 가르치는 데 매진하다가 눈을 감았다. 그 후 그 서당 출신들의 진출로 '거문巨文'이라는 이름도 얻었고, 김이해가 아들을 그리워하며 거닐었다는 거문도 이해해 수욕장이 그 역사를 기억하고 있다.

음력 날짜와 해와 달과 별과 패철 하나에 의지해서 망망대해를 다니는 뱃사람들의 모진 운명은 그렇다고 바다를 포기할 수 없었다. 거문도 사람들은 포기하지 않고, 배를 고쳐 노와 돛을 달고 콩 세 말을 볶아서 싣고, 꿈의 섬 울릉도로 방향을 잡아 출항하기 위해 줄을 꼬았다.

> 에 헤에 술 비
> 간다간다 나는간다
> 울릉도로 나는간다
> 돛을달고 노저으며
> 울릉도로 향해보면
> 고향생각 간절하네
> 오도록만 기다리소
> 울릉도를 가서보면
> 좋은나무 탐진미역
> 구석구석 가득찼네
> – 거문도 〈술비소리〉 중에서

　그렇게 목숨을 걸고 힘들지만 울릉도까지 도착만 하면 무릉도가 펼쳐졌다. 지하에서 솟아오르는 용출수가 사방으로 솟아오르고, 나물과 약초가 지천으로 깔려있었다. 그리고 나리분지로 가면 잡곡 농사도 지을 수 있는 제법 너른 평지까지 있었다. 거기에다 미역과 전복이 바다에 지천으로 널려 있었다. 그리고 그것을 싣고 갈 수 있는 배를 건조하거나, 떼배를 만들 수 있는 오래된 삼나무, 느티나무, 잣나무, 향나무, 오동나무, 왕대나무가 빽빽하게 자라고 있었다.

사실 거문도는 토양이 척박하고 바람이 세어 집을 짓고 배를 건조하거나 수리할 큰 나무가 없었다. 인근의 육지에서도 조정의 나무를 함부로 벨 수 없는 봉산封山 정책으로 허락 없이는 배를 건조할 나무를 구하기조차 어려웠다. 울창한 밀림에 아름드리나무가 빽빽한 울릉도는 거문도 어부들에게는 선박 자재 창고나 다름없었다. 이 때문에 일본인들이 건너와 나무 도적질을 해 가기도 했다.

울릉도 감찰사 이규원은 울릉도의 울창한 밀림을 보고 경탄에 가깝게 이렇게 표현하고 있다.

> "울릉도는 지세가 크게 기울어 벼는 경작하지 못하지만, 나무들이 하늘을 찌를 듯이 꽉 들어차 종일 걸어도 햇빛 한 점을 볼 수 없을 정도다. 여기서 나는 물건은 단향檀香과 간죽簡竹이 많고, 심지도 않았는데 뽕나무, 닥나무, 모시풀이 섬에 자라는 것이 너무나 희한하게 여겨졌다."

특히 울릉도는 지금은 멸종되고 없지만, 20m가 넘는 어마어마한 길이의 튼튼한 왕대나무의 국내 유일한 서식지였다. 이 대형 왕대나무는 배에서 동력을 얻는 돛의 중요한 버팀목이었기에 거문도 어민들이 배를 건조하는 데 더할 나위 없이 좋은 선재였다. 그것은 일본도 마찬가지였다. 일본인들은 처음 이 엄청난 길이의 왕대나무를 보고 너무 놀라서 울릉도를 죽도竹島, 다케시마라고 부르기도 했다. 결국, 훗날 왕대나무도 일본인들의 남벌 표적이 되어 강치같이 이 땅에서 사라지고 말았다.

거문도 사람들은 항해술과 선박 건조는 최고의 기술을 가지고 있었다. 나무 천지인 이곳에서 우량의 목재로 거문도에서 몰고 온 닻배를 수리하거나, 새 배를 여러 척 건조하였다. 그리고 떼배도 만들었다. 울릉도 연안은 화산섬이라 제주 지형과 비슷해서 일반 배로는 미역 작업을 할 수 없었다. 거문도 포작인들은 제주 시절부터 '테우'를 만드는 법을 잘 알고 있었고 거문도에서도

'띠배'를 만들었다. 그들은 울릉도의 울창한 나무들을 베어 울릉도의 험악한 지형에 맞는 '떼배'를 만들었고, 그 배로 미역과 전복 채취작업을 했다.

1787년정조 11년, 프랑스 루이 16세의 지시로 세계 해양 탐사에 나선 라페루즈 함대가 울릉도를 관찰한 기록을 보면 그들이 누구인지 짐작할 수 있다.

"우리는 이 내포에서 중국 배와 똑같이 생긴 배들을 건조 중인 것을 보았다. 포의 사정거리 정도에 있는 우리 함정들이 일꾼들을 놀라게 한 듯했고, 그들은 작업장에서 50보 정도 떨어진 숲속으로 달아났다. 그런데 우리가 본 것은 몇 채의 움막집뿐이고, 마을과 경작물은 없었다. 따라서 이 섬에서 불과 110km밖에 안 되는 육지에서 조선인 목수들이 식량을 가지고 와서 여름 동안 배를 건조하여, 육지에 가져다 파는 것으로 보였다."

미역의 돌섬, 독도

거문도 어민들이 울릉도 근해까지 올라와 조업을 한 증거는 유배객 김이해의 외아들 김홍형의 기록과 프랑스의 라페루즈 함대의 기록보다 앞선 17세기까지 소급할 수 있다.

1693년숙종 19년 3월, 35세의 동래 어부 안용복은 동래 어민과 함께 울릉도에서 조업하다가 일본 수군에 나포되어 일본 시마네로 끌려갔다. 안용복은 동래부의 노꾼으로 왜관을 자주 왕래하여 일본어를 잘했다. 일본 기록과 조선의 기록을 종합해 보면, 일개 군졸이었던 그는 떳떳하게 시마네 번주와 담판을 벌였다.

"울릉도는 조선 영토인데, 우리 땅에 우리가 조업하는데, 억류하는 까닭이 무엇이오."

그해 5월, 막부는 안용복 일행을 나가사키로 이송하라고 명령하면서, "울릉도는 일본의 영토가 아니다鬱陵島非日本界"라는 공식문서를 써주며 자국민을 단속하겠다고 약속했다. 그해 9월, 안용복 일행은 대마도에 인계되었다. 대마도 도주는 이를 못마땅하게 생각하여, 안용복이 막부로부터 받았던 '鬱陵島非日本界' 문서를 빼앗았다. 그리고 50여 일 넘게 억류한 뒤 동래 왜관으로 송환되었다.

1693년 안용복 일행이 조선으로 귀국하는 도중, 대마도 도주에게 조사를 받은 기록에 의하면, "3척의 배가 울릉도에서 조업하고 있었는데, 그중에 1척이 전라도 순천의 배"라고 적혀 있다. 그 순천의 배는 바로 거문도의 어선이었다. 상부의 명령을 무시하는 대마도 도주도 웃기거니와, 조선 조정도 우스웠다. 엄청난 일을 해낸 민간 외교관 안용복 일행은 조선에 와서 월경 혐의로 귀양을 가게 되었다.

> "나는 생각건대, 안용복은 곧 영웅호걸이다. 미천한 일개 군졸로서 만 번 죽음을 무릅쓰고 국가를 위하여 강적과 겨루어 간사한 마음을 꺾어버리고 여러 대를 끌어온 분쟁을 그치게 했으며, 한 고을의 토지를 회복했으니 부개자와 진탕에 비하여 그 일이 더욱 어려운 것이니 영특한 자가 아니면 할 수 없는 일이다.
>
> 그런데 조정에서는 상을 주지 않을 뿐만 아니라, 전에는 형벌을 내리고 뒤에는 귀양을 보내어 꺾어버리기에 주저하지 않았으니, 참으로 애통한 일이다."
>
> ─ 『성호사설星湖僿說』, 이익李瀷, 1681~1763

4년 뒤 1696년, 안용복은 포기하지 않고 여러 사람들과 합심하여 자발적으로, 재차 일본으로 입국했다. 대마도주의 만행을 막부에 고발하고, 불법 조업을 막기 위해서였다. 그런데 일행 중에는 뜻밖에 순천부 관할의 홍국사 의승 수군 승려 5명이 같이 갔다고 구체적으로 기록되어 있다. 이것으로 보면 17세기에 이미 순천부 소속의 거문도 초도 어민들 상당수가 울릉도에서 조업을 했고, 울릉도 근해 어업권과 목재 벌목권을 행사했다는 사실을 입증해 주고 있다.

한편 거문도 사람들은 울릉도의 목 좋은 자리에서의 미역 채취가 끝나면, 일기를 잘 살펴서 떼배를 타고 울릉도 앞에 빤히 보이는 작은 섬으로 향했다. 그 섬에서 나는 미역이 울릉도에서 나는 것보다 훨씬 품질이 우수하고, 가격이 월등하게 좋기 때문이었다. 그 돌로 된 작은 섬은 보통 울릉에서 저녁에 출발하면 다음 날 아침에 도착하는 200리 거리였다. 도착한 바위섬은 동섬과 서섬, 두 섬이 마주하였고, 갈매기가 몸에 부딪힐 정도로 많이 날았고, 강치 수천 마리가 사람을 신기하게 여기고 따르는 신비한 섬이었다. 사실 이 섬은 동해 최대의 강치 서식지였다.

강치는 바다사자의 우리말이다. 동해안 지역 사람들은 이 강치를 강아지같이 사람을 잘 따른다고 강치라고 했다. 또 가지어, 가제어라고도 불렀다. 1794년정조 18년 울릉도 조사를 하러 간 수토관 한창국은 이 섬을 가지어가 산다고 가지도可支島라고 음차하여 적고 있다. 또 그는 가지어의 모양을 물소 같다고 기록하고 있다. 이보다 앞선 태종실록에도 강치의 가죽을 수우피水牛皮라고 하였다. 아마 관리들은 강치를 바다에 사는 소로 인식한 것 같다.

당시 이 작은 섬에 입도한 거문도 사람들은 정부에서 호칭하는 우산도, 무릉도, 우릉이니 하는 이름 대신에, 원래부터 그들끼리 불러왔던 이름인 독섬으로 불렀다. 거문도 사람들은 이 섬이 바위투성이 돌밖에 없다고 독섬이라고 불렀다. 그 외 인근의 경상도와 강원도 사람들은 이 섬을 돌섬이라고 했다. 독이라는 말은 원래 전라, 제주에서 돌을 일컫는 방언이었다. 훗날 대한제국 문서에도 널리 통용하는 이 이름을 그대로 한자로 써서 석도石島라고 했다. 결국, 거문도 사람들이 널리 부르던 독섬이 1906년 울릉군수 심흥택이 이를 음차하여 독도獨島로 표기하여 오늘날 우리가 아는 독도가 된 것이다.

대개 지명이란 그 지역의 특성이나 생긴 모양을 보고 붙이는 게 상식이었다. 그래서 가지도, 돌섬, 독섬, 독도는 큰 무리가 없다. 하지만 일본이 독섬을 다케시마竹島라고 주장하는 것은 무리가 있다. 원래 울릉도는 평균 길이 20m가 넘는 왕대나무의 유일한 서식지였다. 이 왕대나무는 곧고 튼튼해서 배의 돛을 고정하는 돛대로의 쓰임새가 유용했다. 이런 귀하고 크고 긴 왕대나무를 보고 우리 울릉도를 죽도竹島라고 한 것이 다케시마의 시작이었다.

원래 섬이 여럿 있으면 큰 섬에 정식 이름을 붙이고 눈앞의 부속 도서는 대충 남섬, 북섬, 앞섬, 뒷섬 하는 식으로 붙이는 것이 해양 국가들의 상식이었다. 그런데 울릉도, 독도 구별도 제대로 못하면서 대나무 한 그루 자라지 않는 돌섬을 예부터 자기네들이 다케시마竹島라고 했다고 우기니, 강치가 웃을 일이다. 원래 계략을 꾸미기를 좋아하는 자들이니, 훗날 도둑질하러 들렀던 울릉도도 자기네 땅이라고 생떼를 부릴지 모를 일이다.

독도

삶이 유난히도
거칠고 가파른 사람 있듯이

바람과 파도에 시달리며
밤새 잠들지 못하는 섬 하나 있나니

너는 어미 아비 없이
먼 곳에서 홀로 살아가는 아이

너는 갖은 소외와 적막 속에
혼자 웅크리고 세월 견디는 새터민

너는 태어난 곳 멀리 떠나와
낯선 땅에 정 붙이는 다문화 여인

너는 주인도 사랑도 잃고
날마다 길거리 헤매 도는 떠돌이 개

온갖 거짓과 시련 속에
이 밤에도 외로워 흐느끼는 홀로섬

사람들 와글와글 몰려와
사진 찍고 만세 부르고 떠나가는 독도

     — 이동순李東洵, 1950~ 시

당시 거문인들이 독섬에 간 이유는 간단했다. 독섬은 동도와 서도 두 섬 사이에 미역, 전복, 해삼, 소라가 지천으로 깔려있는 노다지 보물섬이었다. 그리고 신기하게도 서도의 바위틈에는 민물이 나오는 물샘이 있었다. 마치 일만 년 전, 나도 육지였는데 물이 차서 섬이 되었다고 항변하듯이. 거문인들은 이 물로 식수에 구애받지 않고, 여러 날을 머물며 미역을 비롯한 여러 해산물을 채취할 수 있었다.

그리고 울릉도 자생 나무를 베고 건조하여 배를 고치고 여러 척의 떼배도 만들었다. 이윽고 동풍이 일면 남서 해류를 타고 가족이 기다리는 거문도로 다시 돌아왔다. 그들의 배에는 말린 건어물과 미역이 가득했고, 떼배에는 울릉도산 진귀한 약재와 목재가 가득했다.

> 울고간다 울릉도야 어기영차 배질이야
> 알고간다 아릿녘아 어기영차 배질이야
> 이물에 이사공아 어기영차 배질이야
> 고물에 고사공아 어기영차 배질이야
> 허리띠 밑에 하장이야 어기영차 배질이야
> 돛을 달고 닻감아라 어기영차 배질이야
> – 〈거문도 뱃노래〉 중에서

그들은 대한 해협을 타고 남하하다가 중간 중간 경상도 포구에 들러 이를 팔아 옷감이나 곡물, 생필품 등으로 교환하였다. 거문도에 도착하면 배를 수리할 때 쓸 떼배와 집을 지을 목재와 곡식을 내려놓았다.

그리고 다시 황해 해류를 타고 한양 마포와 황해도 진남포까지 진출했다. 울릉도 독도산 미역, 전복, 다시마, 해삼, 소라, 홍합 같은 해산물과 각종 약초는 비싼 값에 팔 수 있어 큰 이문을 남겼다. 특히 제사에서 소비하는 울릉도 향나무는 그 향이 아주 좋아 없어서 못 팔 정도였다고 한다. 지금도 거문도에는 가정에서 대물려 오는 가재도구 중에 울릉도산 나무로 만든 다듬잇대, 홍두깨, 함지박 등이 있다.

동해와 남해 서해를 잇는 긴 거리의 해상 미역로드는 이렇게 만들어졌다. 진취적인 거문도, 초도 포작인들의 뛰어난 항해술과 뱃노래, 독도와 함께 지금도 살아있는 역사로 전해지고 있다.

제주 해녀와 독도

1882년 대한제국은 김옥균을 동남제도개척사로 임명하고 울릉도 개척민을 모집하였다. 그때 개척민으로 지원한 사람들 대부분이 전라도 해안이나 도서지역민들이었다. 그도 그럴 것이, 처음에는 거문도 남자들만 울릉도로 갔지만, 나중에는 가족들이 함께 들어가 농사도 짓고, 나물도 뜯고, 물질하며 아예 정착하여 사는 일이 잦아, 울릉도에 대한 소문이 무척 좋게 났기 때문이었다. 1890년 대한제국 고종은 제3대 울릉도 도감으로 거문도 출신 오성일吳性鎰을 임명하는데, 이도 거문도 출신 개척민과 같은 맥락이었다.

현재도 울릉도 주민들의 가족사에는 전라도에서 건너와 울릉도에 새로운 마을을 건설한 입향조들의 이야기가 선명하게 남아있다. 초기 개척민 중에서 바다를 잘 아는 전라도 도서나 해안가 사람들은 지금의 울릉도 태하 지역에 정착하여 자리를 잡고 마을을 형성하였다. 그리고 화전을 잘 짓는 경상도, 강원도 등지에서 온 이주민들은 유일하게 평지가 있는 나리분지로 가서 농사를 짓고 살았다.

울릉도는 다 좋은데 쌀 구경을 할 수가 없었다. 그래서 개척 초기에 전라도에서 쌀과 생필품을 가득 실은 배가 들어오는 날은 항구가 들썩거렸다. 그 배에는 목수도 여럿 타고 왔다. 이들은 울릉도에서 몇 달 거주하면서 새 배도 만들고 좋은 목재도 구하였다. 그리고 미역, 전복 해삼 말린 것을 쌀과 교환하여 육지로 나가면 큰 이문을 남길 수 있었다.

정약용은 『탐진어가耽津漁歌, 1802』에 "澹菜憎如蓮子小 治帆東向鬱陵行 홍합이 연밥같이 작은 게 싫어, 돛을 달고 동쪽 울릉도로 간다"이라는 구절을 남겼다. 이것만 보아도 울릉도에서 나는 모든 산물이 조선 후기에 얼마나 귀한 대접을 받았는지 짐작할 수 있다.

울릉도 개척민들이 정착한 이후로 굵은 홍합, 전복, 소라와 바닷가에서 손으로 주워도 잡히는 오징어, 넓적한 미역은 본격적으로 울릉도·독도의 대표적인 산물로 육지에 소문이 나기 시작했다. 그러나 울릉도는 몰라도 독도의 미역 채취는 워낙 파도가 거칠고 일반인이 접근하기가 힘이 들어, 목숨과 바꿀 수 있는 위험천만한 작업이었다.

오직 이 사람들만이 독도의 미역 채취가 가능했다. 그들은 바로 바다에 최고로 강한 제주 좀녀들이었다. 일제강점기에서 1970

년대까지 독도의 미역 채취는 그 특수한 작업환경으로 울릉도와 독도에 살았던 거문도 출신 주민과 제주 해녀들의 독점이었다. 해녀들의 증언에 의하면 처음에는 주로 제주도 서쪽인 한림읍 해녀들이 독도로 물질을 많이 갔다고 한다. 당시에는 전복보다 미역이 훨씬 비싸던 시절이라 쇠똥같이 붙어 있는 전복보다는 미역 채취에 더 열을 올렸다고 한다.

그것을 증언이라도 하듯이 한림읍 협재리 마을회관 앞에는 1956년 7월 협재리 대한부인회가 건립한 '울릉도 출어부인기념비'가 서 있다.

> "내 나이 열다섯 살(1949년)에 사촌 언니 4명하고 나하고 처음 독도로 물질을 갔어. 울릉도에서 저녁에 배를 타고 새벽에 도착하니 조그만 섬 두 개가 나타났어. 아이고, 무서웠지, 집도 없고 사람도 아무도 살지 않았어. 내가 제일 어렸고, 언니들은 물질을 잘해 미역을 많이 땄어. 난 물질도 못 하는 하군이라, 미역 손질하는 잔일만 했지."
> – 고정순 1929년생/ 제주시 한림읍 해녀

> "그때 소문에 독도로 가면 돈을 많이 번다고 해서 내가 열아홉 살(1959년)에 제주 해녀들과 함께 처음 독도로 갔지. 서도에 내려줬는데, 뱃사람들이 나무하고 가마니를 가져다주면 그걸로 물골이라는 굴속에다 움막을 만들었어. 굴속에 물통이 있는데, 신기하게도 사람이 마실 수 있는 물이 나왔어. 해녀 36명과 남자 사공 10명 등 46명

이 독도로 들어갔는데, 가자마자 물통 앞에서 고사를 지냈지. 다음 날 일어나 보니까 물이 콸콸 넘치더라고. 안 보면 거짓말이라고 할 거야. 그곳에서 가마니를 깔고 움막 짓고 생활하면서 미역을 따서 널어 말렸지. 그렇게 독도서 2개월 살다 5월 중순에 울릉도로 나왔지."

    − 김공자 1940년생/ 제주시 한림읍 해녀

    "1964년에 독도 물질을 갔는데 독도 미역은 갈대밭처럼 아주 잘 자라서, 물속에서 고개를 들이밀고 호미로 베어냈어. 그리고 너무

크니까 손으로 안지도 못하고 어깨에 이렇게 걸치고 나왔어."

    — 홍순옥 1944년생/ 제주시 한림읍 해녀

"울릉도를 한번 빼앗기면 이것은 대마도가 하나 더 생겨나는 것
이니 앞으로의 앙화를 어찌 논하랴."

    — 『성호사설星湖僿說』, 이익李瀷, 1681~1763

　독도는 이렇게 우리가 지켜왔고, 우리가 가꾼 삶의 터전으로,
어업역사문화 자원으로 우리가 살았던 우리 땅임을 증언하고 있
다. 어찌 감히 도척의 개같이 나무 도둑질이나 하고, 강치 도둑질
이나 하던 놈들이 제집이라고 우기겠는가.

제주 미역인들의 서남해 상륙

전남 서남해의 생일도, 청산도, 보길도, 노화도, 소안도, 맹골도, 곽도, 맹골죽도는 물살이 빠르고 수심도 깊고 좋은 바위가 많아 잎이 넓은 상품의 돌미역이 나는 곳으로 정평이 나 있었다. 이곳의 돌미역은 예부터 왕가의 진상품이나, 자식이 결혼할 때 혼수품으로 사용할 정도로 귀한 대접을 받았다.

정약용은 강진 유배지에서 이곳에서 생산한 미역을 먹으며 "배고플 때 먹는 미역은 달기도 하구나"라며 시문으로 남기고 있다. 이곳의 곽전藿田은 왕실의 궁방宮房에 소속되어 있어 왕실에서 직접 관리를 하므로 일정한 공물만 바치고 나면 관리들의 수탈이나 부역, 그리고 군역이 면제되는 곳이라, 많은 제주 포작인들이 모여들었다.

생일도는 제주와 같이 갯밭을 공동으로 소유하고 가꾼다. 공동작업은 육지에서 농사 일을 할 때의 두레 조직과 흡사했다. 육지 두레에서 행수를 우두머리로 뽑듯이 여기서는 미역을 관리하고 분배하는 우두머리인 주배장을 정월에 뽑는다. 생일도의 미역 따기는 음력 4월 사리 때에 주로 한다. 육지 두레에서는 수총각이라고 하는 총무 역할을 여기서는 소사라고 하는데, 먼저 마을에 미역을 베러 가자는 윗소리를 외친다. 그러면 각 집에 한 사람씩 지게, 낫, 망태기를 가지고 미역밭으로 공동 작업에 참여한다.

보통 미역 따기 작업은 두 반으로 나뉜다. 비교적 따기 쉬운 갯바위 채취 작업과 무레꾼이라고 부르는 깊은 물속으로 잠수를 해서 들어가 수심초를 따는 채취 작업이었다. 따낸 미역은 망태기에 넣어 지게로 마을까지 운반했다. 그리고 주배장의 지휘에 따라 공평하게 무더기로 나누었다. 이것을 미역무덤이라 했는데, 한 집에 한 깃씩 공평하게 돌아갔다. 그리고 잠수를 한 무레꾼들은 남들보다 더 가져가는 것으로 분배에서의 분쟁의 소지를 없앴다.

제주에서는 오랜 전통으로 마을 공동기금을 마련하기 위한 공공 미역밭을 운용해 오고 있다. 마을에서 공동으로 갯밭을 관리하고 감독해 공동경작, 공동수확에 공평분배의 방식은 제주에서부터 전해진 오래된 풍속이었다. 이러한 제주 풍습이 서남해의 미역 농사에 영향을 미쳤다. 제주에서 미역을 '메역'이라 부르는데, 진도 신안에서도 미역을 '맥, 매역'이라고 부른다.

받어라 연에 연봉
어이야 받아라

받기만 잘허면 어이야 받아라

허루만 난다 어이야 받아라

어기야 받어라 이 미역을

어이야 받아라 다도나 캐여

어이야 받아라 어기야 받어라

받기만 잘허면 어이야 받아라

비기는 잘한다 어이야 받아라

다 캐 간구나 어이야 받아라

— 흑산도 〈미역 따는 소리〉

　출육을 한 제주 포작인들은 생일도를 중심으로 서남해의 도서 지역에도 정착하였다. 그곳에서 미역 농사를 지으며 골칫거리인 왜구에 대항하기 위해 생일도 백운산에 성곽을 쌓았고, 왜구가 출몰하면 공동 방어를 했다. 섬의 안전을 위해 각출하여 학서암이라는 절을 만들기도 했다.

　포작인의 흔적은 생일도 당제에도 찾아볼 수 있다. 생일도 당제에는 해상의 안전과 미역과 해산물의 풍작을 빌며 생일도의 수호여신으로 마방할머니를 모셨다. 옛날 제주도에서 말을 싣고 육지로 나올 때, 멀미한 말의 기력 회복을 위한 휴식처로 이곳 생일도 말 목장을 거쳐 갔다. 그때부터 마방할머니를 모셨다고 한다.

　마방할머니는 제주도의 마고할미가 말의 수호신으로 변이한 신격이었다. 마고할미 역시 제주도의 창제신이며 제주 사람들에게는 해양여신으로 포작인과 좀녀들의 수호신이었다. 서성리 당숲과 당집은 지금도 완도 일대에서도 영험하기로 소문이 난 곳이다. 생일도 사람들은 오늘날까지 그 숲을 지날 때면 행동거지를 매우 조심하고 있다.

생일도에서는 마방할머니가 제주 출신이란 것을 참작해서 또 다른 신격으로 모셔졌다. 바로 미역신의 탄생이었다. 말 목장이 없어진 지금은 오로지 미역신으로 추앙받으며, 그 자취가 그대로 남아있다. 생일도에서는 지금도 당제를 지내면 마고할미, 마방할머니께 가장 좋은 미역을 바치며 미역의 풍작을 기원하는 제를 올리고 있다.

생일도의 중앙에는 백운산463m이 있다. 서남해에 있는 섬치고는 꽤 높은 산이라, 다도해의 섬들뿐만 아니라, 날씨가 좋을 때면 마고할미가 만들었다는 신령한 제주 한라산도 보인다. 그래서 생일도의 제당에는 아무런 신체가 없다. 숲과 신위와 마방할머니가 타고 다니는 작은 철마상만 있을 뿐이다. 왜냐하면, 제주에서 섬기던 한라산이 보여서 굳이 신상이 필요하지 않았기 때문이다. 그리고 실제로 지역 사람들은 생일도의 백운산을 완도의 한라산이라고 부른다. 아마 고향을 그리워하던 포작인의 자취일 것이다.

하지만 생일도 남쪽의 청산도 신흥리 신당에는 마고가 아닌 '마조' 라고 불리는 황금색 비단을 걸친 젊은 여신이 신상으로 모셔져 있다. 이 마조 여신의 비밀은 임진왜란으로 올라간다. 이순

신과 함께 왜적을 물리치러 온 명나라 수군 장수 진린의 함대가 섬긴 바다의 신이 마조馬祖였다.

원래 마조는 도교에서 해상을 수호하는 여신의 이름이었다. 북송에서 906년에 태어났고, 어릴 때부터 범상치 않은 신비한 힘을 지니고 있었다. 16세 때 오빠들이 바다로 나가 풍랑을 만났는데, 마조는 꿈속에서 오빠들을 구했다. 그런데 실제로 오빠들이 살아와, 이 기적적인 사실이 세상에 알려져 그때부터 마조를 신격화하였다.

그 이후 사람들은 바다에 나가 풍랑을 만나면 모두 마조를 찾았고, 그때마다 마조가 나타나 도움을 주었다. 마조는 그 이후 신격으로 추앙받으며 뱃사람들의 수호여신이 되었다. 특히 남중국해의 대만이나 푸젠성 등에는 부처보다 앞서는 가장 대표적인 전통 신앙이 마조 신앙이다. 임진왜란 때 명나라 수군 진린이 해상의 안전을 빌며 마조 여신께 제를 올리는 것을 본 청산도 사람들이 그 영향을 받아, 불당신제의 신상으로 소박한 마조 형상을 본떠 만든 것이었다.

어찌 되었든, 생일도의 마방할머니와 청산도의 마조는 처녀든 할머니든, 신상이 있든 없든, 제주도 두무악 포작인들이 전한 해상 안전을 도와주는 마고할미의 전형임은 부인할 수 없다. 그리고 바다의 여신으로 미역을 신성시하고, 미역의 풍작을 가져다주는 어민들의 미역신으로 자리를 잡았다.

이러한 미역 신앙은 전국 바닷가 곳곳에 그 자취가 남아있다. 진도 해창마을은 모조밥과 미역국을 끓여 거리에 뿌려주며 거리제를 지냈고, 부산 반여동 삼어 당산제도 제당 벽에 실타래, 광목, 미역을 걸어 두었고 지금도 제물로 미역국을 올리고 있다. 전북 고창 구동호 마을에서는 영신 당산제를 지낼 때 팽나무 당목 앞의 돌에 광목을 감고 미역을 걸쳐 놓았다.

경북 울진군 기성면 구산리에서도 정월 대보름이면 7개의 바위로 이루어진 미역바위 '짬'에 조밥, 엿, 미역국 등 제물을 올려놓고 미역 고사를 지낸다. 울진군 죽변항의 성황당제도 정월 대보름제에 반드시 미역을 올렸다.

이같이 동해안 어촌에서는 대부분 미역을 제물로 썼는데, 드물게 내륙 지역인 경북 칠곡군 숭산리의 당제, 안동 도산면 가송마을 부인당의 동제에도 제물로 미역과 미역국을 올렸다. 충남 논산의 용왕제에는 미역을 용왕의 별식으로 보아, 생미역을 우물에 풀어준다.

이를 보면 지신풀이에서 "미역국에 땀 내고 조포국에 김 난다"와 같이 해안이나 내륙이나 미역을 신성한 신의 음식으로 여긴 것만은 확실했다.

제주 사람들은 바다가 농사짓는 땅 '바당'이었다. 포작인과 좀녀들은 바다에 훤해서 어떤 조류에 어떤 바위에 미역이 잘 자라는지 훤히 꿰뚫고 있었다. 그들은 스스로 금채기禁採期를 정하여 두고 어린 미역을 따지 않았으며, 그렇게 대대로 이어지는 미역밭을 가꾸는 비법을 익혀 상군 해녀로 성장했다. 제주 두무악이 서남해안의 섬에 주민으로 정착해 살면서, 제주도 좀녀들은 후손과 이웃들에게 미역밭에서 미역을 기르는 방법과 미역을 채취하는 방법 등의 비법을 전했다.

겨우내 싹가래라는 도구로 미역바위 잡초를 닦아내고, 봄 사리 때에는 미역 싹이 햇볕에 타지 말라고 물 주는 법, 그리고 여름에 미역을 수확하여 말리는 법 등을 그대로 전수해 주었다. 제주 포작인들이 가져온 미역밭을 가꾸는 양식 기술은 미역신 마고할미의 신앙과 함께 서남해안이 오랜 세월 미역의 성지로 추앙받는 배경이 되었다.

미역의 나라

15세기 조선에서는 미역을 어떻게 생각했을까. 『세종실록 1447』조선 전기 문신 이선제李先齊의 상서에 보면 그 당시 선비들의 미역관이 잘 나타나 있다.

> "미역은 다른 나라에는 없는 것으로서, 오직 우리나라에만 곳곳에 다 있습니다. 특히 제주에서 나는 것이 더욱 많아, 토민이 쌓아 놓고 부자가 되며, 장삿배가 왕래하며 매매하는 것이 모두 이것입니다. 이것은 하늘이 내고 땅이 낳았으니, 하늘과 땅이 유독 이 나라에만 후하게 준 것이니, 실로 우리나라의 진기한 재물입니다."

이선제의 글을 보면 미역은 우리나라에서만 자라는 한반도 특산종으로, '하늘과 땅이 유독 이 나라에만 준 재물'이라며, 금은 보화와 같은 위상에 대한 자존심과 자부심이 느껴진다.

궁중에서는 각 지역에서 진상되는 미역을 분류하여 용도에 맞게 사용했다. 품질이 좋은 실 미역을 분곽粉藿, 보통인 미역을 상곽常藿, 일찍 따서 말린 햇미역을 조곽早藿, 미역귀를 곽이藿耳라고 불렀다. 그리하여 그 쓰임을 명시해 놓고, 일상 반찬이나, 왕실의 생일 미역국, 궁중 여인들의 해산미역으로 사용하며 체계적인 관리를 했다.

그래서 고려 시대부터 미역이 자라는 바다를 곽전藿田이라 하여 논밭과 같이 취급했고, 부동산으로 등기가 되었으며, 매매도 하고 소작도 주고, 곽세藿稅라는 세금도 부과하였다. 특히 이름난 미역밭은 궁방의 소속으로 두어 왕가에서 직접 관리할 정도로 이 땅의 미역은 국내외로 인정을 받는 귀한 몸이었다.

미역 뜯어 바구니 담으미
어야디야
어서 뜯어라
너도 많이 뜯어라
나도 뜯어라
나 뜯으란 소리 말고
니나 뜯어라
얼씨구절씨구 지화자 좋다
아니 놀지는 못하리라
뜯어라 너도 많이 뜯어라
나도 많이 뜯는다
어서 바구니 매 당겨서 뜯어라

얼씨구 절씨구 지화자 좋다
- 강원 고성 〈미역 뜨는 소리〉

중원과 한반도의 미역 무역은 오랜 역사가 있었다. 명나라 때 이시진李時珍, 1518~1593이 엮은 약학서『본조상목本草綱目, 1590』에는 신라미역에 관한 언급이 등장한다. "미역은 신라미역, 고려미역이 있는데, 그것을 들여와 종기를 낫게 하는 신비한 약제로 쓰고 있다"라고 쓰여있다.

당나라 진장기陳藏器가 편찬한 의서인『본초습유本草拾遺, 741』에도 미역을 약초로 취급하며 미역을 채취하는 방법까지 상세하게 서술하고 있다.

> "신라 해인海人은 허리에 새끼줄을 매고 잠수하여 신라의 깊은 바다에서 나는 대엽조大葉藻를 채취한다."

청나라의 주노周魯가 편찬한『유서찬요類書纂要, 1664』에서는 "석발石髮은 신라의 것을 상등으로 치는데, 신라에서는 금모채金毛菜라고 한다"라고 하며, 신라에서 난 미역을 신기한 약초로 보고 있다.

발해의 미역도 마찬가지였다. 발해는 연해주와 만주, 한반도 이북에 이르는 큰 영토를 가지고 있었다. 지리적 위치에 따라서 수렵과 목축업을 중심으로 농업, 수산업도 발달하였다. 실학자

유득공의 『발해고渤海考, 1784』에서 남해 미역南海昆布/함흥을 특산물로 언급하고 있고, 정약용도 "당서唐書에 이르기를 미역은 발해의 함흥 앞바다에서 많이 생산되고 맛도 훌륭하다"라고 인용하고 있다.

청나라 때 편찬한 만주 일대의 지리서인 『성경통지盛京通志, 1684』에는 "발해의 미역이 유명해서 당과 무역을 했다"라고 적고 있나. 이러한 기록들을 종합해 보면 고려 시대 이전에도 우리 미역이 좋다고 중원에까지 소문이 났던 모양이다. 그러나 일반화된 음식 재료보다는 상류 귀족들의 보양식이나 약재로 쓰였던 것으로 짐작할 수 있다.

음식 재료로서 미역이 중원에 본격적으로 알려진 것은 14세기 원나라 시대부터가 시작이었다. 그것도 중원에서 몽골족이나 한족이 자주적으로 사용한 것이 아니라, 원에서 거주한 고려인에 의해서 시작되었다. 12세기 칭기즈칸이 몽골 부족을 통합하고 정복 전쟁을 벌여 유라시아 전체를 영토로 확장한 시대가 있었다. 각국이 강력한 기동력과 전투력을 가진 몽골 기병의 기습에 속수무책으로 당하며 몽골제국에 복속되었다.

그러나 세계 최강 몽골군의 최고 골칫거리가 있었으니 바로 동쪽의 반도 고려였다. 몽골은 남송과 일본을 정벌하기 위해 고려가 필요했으나, 그 고려가 만만하지 않았다. 바다에 약한 몽골군의 약점을 알고 도읍을 강화도로 옮기면서까지 항거하며 무려 30

년간1231~1259 몽골군의 9차 공격을 막아내었다.

결국, 장기전으로 인한 피로감으로 고몽 양국에서는 마침내 전쟁보다는 강화의 분위기가 조성되었다. 거기에는 중원대륙을 차지한 칭기즈칸의 손자 쿠빌라이 칸이 빨리 몽골제국의 정식 국가인 원元을 세우고 황제로 등극하고 싶은 욕망도 작용했다.

마침내 1259년 고려는 쿠빌라이 칸에게 '고려'라는 국호를 그대로 쓰고 왕권도 인정해 주며, 자주적인 풍속을 유지하는 불개토풍不改土風이라는 약조를 받아내고 몽골과 화친 조약을 맺었다. 죽기로 대항하는 고려 때문에 정식 국가를 선포하지 못하던 쿠빌라이 칸이 1271년 원나라를 개국하고, 그 후 80여 년간 고려와 원과의 간섭과 교류의 애증 관계를 지속하였다.

고려에 호되게 당한 원나라는 정치적으로 고려를 계속 감시해야 했다. 그리하여 고려의 왕자들을 인질로 데려가고, 도호부를 세워 고려를 경계하였다. 혼인을 맺은 원나라 황실의 공주가 고려의 왕비가 되어, 지배국의 공주 신분을 앞세워 부마국으로 사사건건 고려의 정치에 관여하였다.

고려의 많은 물자와 인력이 조공품 명목으로 원으로 흘러 들어갔다. 그중에는 여성 인력을 송출하는 공녀貢女가 있었고, 급사나 환관으로 뽑아가는 공남貢男도 있었다. 특히 원이 고려의 여자와 남자를 공녀, 공남으로 끌고 간 절실한 이유가 있었다. 그것은 황궁에서 일할 궁인을 특채하기 위한 목적이었다.

　황궁은 절대권력인 황제와 황족이 거주하는 곳이라, 일단은 궁의 비밀이 잘 지켜져야 했고, 여타 권력층과의 결탁도 없어야 했다. 이 때문에 총명하고 부지런한 고려인들이 가장 환영을 받았다. 일단 고려인들은 몽골어를 잘 몰라 황실의 일을 전할 수 없었다. 그리고 출신지와의 거리가 멀어 이권 개입과 권력 결탁이 없었다. 비록 작은 나라였지만 학문과 문화적 소양이 높고 손재주가 뛰어나, 원나라 황궁은 80여 년 동안 수천 명을 공인으로 끌고 갔다. 나중에는 황궁의 급사나 시녀의 절반 이상이 고려인이었으며, 그중에는 원나라 순제의 정비가 된 기황후같이 천하를 호령

한 여성도 있었다.

정치적으로는 고려가 열세였지만, 문화는 아니었다. 이들 공녀 공남들은 역으로 원나라 황실과 귀족사회에 고려의 불경과 유학, 물건, 음식을 유행시켰는데, 이를 원에서는 고려양高麗樣이라 했다.

> "宮中給事使令 大半高麗女 以故四方衣服 靴帽 器物 皆仿 高麗擧 世若狂.
> 궁중의 급사, 사령의 반이 고려 여인이다. 그래서 사방의 의복, 신발, 모자, 기물 모두가 고려 그것이 판을 쳐서 세상이 미친 것 같다."

원나라의 시류에 고려양이 급속하게 전파되자, 청의 필원이 쓴 『속 자치통감續資治通鑑』에서는 그 당시의 풍경을 '미쳤다'고 표현하고 있다. 고려의 것은 뭐든지 명품이었다. 고려의 인삼은 일찍이 중원에서 영약으로 소문이 났다. 청자, 매, 비단, 종이, 먹, 나전칠기 등의 고려 기물이 유행했고, 사냥매도 고려 매가 비싸게 거래되었다.

한편 상추쌈, 떡, 말린 생선 같은 고려의 음식도 전해졌다. 이때 전해진 것이 바로 '고려 미역국'이었다. 이러한 근거는 『고려사高麗史』에 "1310년충선왕 2년에 해채海菜를 원나라 황태후에게 보냈다"라는 기록과, "미역과 건어물과 염장 어류를 원나라에 수출하였다"라는 기록 등이 이를 뒷받침해 주고 있다. 중원에 전래된 고려양 미역국에는 '타국에서 몸을 풀더라도 미역국은 꼭 먹어야 한다' 는 가슴 저린 고려 여인들의 지독한 풍습의 아픔이 서려, 지금도 베이징 일부에 미역탕 음식으로 남아 있다.

미역에 대한 신뢰와 사랑은 15세기에도 계속 이어졌다. 조선 시대에도 미역은 궁중의 진상품으로 임금의 수라상에 올라가는 귀한 식품으로 여겼다. 이는 명나라까지 소문이 나, 명나라 귀족들과 관리들은 조선에서 생산되는 미역과 인삼, 부채, 붓, 먹, 활 등을 무척 애호했다.

이규경李圭景, 1788~1856의 책 『오주연문장전산고五洲衍文長箋散稿』에는 자신의 조부 이덕무가 1778년정조 2년 서장관 심염조의 군관으로 북경에 가서 생긴 일을 이렇게 서술하고 있다.

"건미역을 중국인들에게 보여주자 모두가 어디에 쓰는 물건인지를 알지 못했다."

중국에도 미역이 생산되었지만, 맛이 떨어져 음식 재료로 적극적으로 쓰지 않았고, 더구나 건미역은 그 자체가 생산되지 않아 내륙에서는 그 쓰임새를 모르고 있었다.

명나라 이시진은 이전의 본초학에 대한 모든 기록을 집대성하여 『본초강목本草綱目, 1590』이라는 방대한 의서를 집필하였다. 이 책은 세계적인 약학서로 유네스코 세계문화유산으로 등재되었다. 『본초강목』에는 조선에서 생산되는 고려미역高麗昆布을 약제로 취급하고 있다. 그리고 약용에 대해 매우 구체적으로 언급하고 있다.

> "미역은 고려에서 생산되는 것으로 짠맛을 빼고 국을 끓이면, 기가 잘 내려간다."

> "방광이 갑자기 잘 통하지 않을 때는 고려미역高麗昆布을 불려 쌀뜨물에 끓인 곤포학昆布臞, 미역 고깃국을 기장밥이나 멥쌀밥과 먹으면 매우 좋다."

『본초강목』을 쓴 이시진은 철저한 고증주의자였다. 『본초강목』에는 총 1,892종의 약재가 망라되어 있는데, 약재마다 그 이름과 산지 등을 상세하게 설명하고 있다. 그러나 아무리 고증을 해도, 직접 안 보고 잘 모르는 것은 헷갈리게 되어 있었다. 『본초강목』에서는 미역〔藿, 海菜〕을 다시마를 의미하는 곤포昆布로 잘못 쓰고 있다. 이는 미역과 다시마의 생김새가 비슷해서 구별하기가 까다롭게 생긴 탓이기도 하고, 미역을 적극적으로 식용하지 않는 중국인들의 흔한 오류이기도 했다.

약학에 대해서 해박한 이시진이 이렇게 고려미역高麗昆布을 강조한 것은 고려인삼이 한반도에서 나는 것만이 약성이 탁월하듯이, 미역도 조선 땅에서 나는 것만이 약성이 있다는 것을 강조하는 것이었다. 중국은 근대에 이르기까지 조선의 미역이 품질이 뛰어나 고려미역을 약재로 썼고, 상류 귀족층이나 황실에서나 조선에서 들여오는 미역을 식용했다.

세계 어느 나라이든, 그 지역에만 한정적으로 분포하고 자라는 고유종이 존재한다. 이들은 환경적이고 지리적인 특성으로 제한적 토박이 텃새를 지독하게 부리지만, 특유한 고유 약성을 지니고 있어 인간을 이롭게 했다. 히말라야 신비의 영약 동충하초도 그렇고, 북아메리가 원수민의 염증 치료제인 탁솔 주목나무도 그렇고, 호주 원주민들의 해열 진통제 버드나무도 모두 그러한 경우이다.

자연 생태학자들은 한반도에는 우리 땅에서만 자랄 수 있는 고유종이 4백여 종에 이르고, 국토 면적당 생물 다양성 정도는 세계 최고라고 한다. 그리고 이 땅의 자생 식물들은 사계절이 뚜렷하고, 산과 강과 바다가 잘 어울려 천혜의 영양학적 토양과 수질로 뛰어난 약성을 보인다고 한다. 다른 삼 종류는 얼씬도 할 수 없는 고려인삼이 그렇고, 유독 혈액순환에 강한 한국산 자생 은행나무잎도 그렇고, 하다못해 들판의 쑥도 그랬다.

약초뿐만 아니라 한반도 바다에서 나는 미역도 일찍이 그 뛰어난 약성을 인정받아 대륙의 나라들도 약초로 수입할 만큼 인기가 있었다. 훗날 북아메리카산 탁솔 주목 나무에서 암 치료제 탁솔을 만들고, 호주산 버드나무로 아스피린을 만들듯이 미역이라는 신비한 약이 탄생할지는 아무도 모를 일이다.

네 이웃의
미역국을 탐하지 말라

　문화는 이웃 민족과 서로 접변하는 관계이다. 한 민족의 고유한 문화는 이웃 나라에 영향을 끼치기도 하고 영향을 받기도 하는 것이 인지상정이다. 특히 그것이 음식일 경우는 문화의 본능인 모방학습이 순식간에 일어나는 경우가 흔했다.

　최근에 미역국 한류가 새로운 웰빙 식품으로 서광을 받고 있다. 그것도 미역을 Seaweed(바다 잡초)로 인식하는 서양인들이 드디어 한국식 미역국을 먹기 시작했다. 1986년 우크라이나 체르노빌에서 발생한 원전 사고 이후, 러시아 전역에서 미역 소비량이 갑자기 급증하기 시작했다. 그 전까지만 해도 미역은 고려인만 먹던 고유음식이었는데, 미역이 방사성 노출에 좋다고 소문이 나서 고려인 미역국 소비가 증가한 것이다.

　미국의 산모들은 굳이 산후 음식이 따로 없다. 샌드위치와 햄버거, 샐러드, 소시지, 감자튀김, 베이컨, 피자 등에 얼음을 띄운 주

스가 산후 음식이었다. 최근에 이들은 한인들이 산후 조리식으로 먹는 미역국을 흉내 내어, 미국의 대형 산부인과 병원에서도 산후 음식으로 한국식 미역국이 한류의 중심으로 주목을 받고 있다.

'사촌이 논을 사면 배가 아프다' 라고 했던가. 미역국 한류의 당당한 행보에 이웃 나라들의 근거 없는 질투가 시작되었다. 동북공정에 바탕을 둔 중국은 일부에서 자신들의 채소 절임인 '파오차이' 가 김치의 원조이고, 한복도 중국 옷 '한푸' 에서 전래되었다고 헤게모니 행패를 부리고 있다. 그리고 결국에는 한국식 미역국이 세계의 주목을 받자, 그것도 중국이 원조라고 생떼를 쓰고 있다.

그리고 일본의 미역 날조도 가관이다. "미역을 소화시킬 수 있는 사람은 지구상에 오로지 일본인뿐이다"라는 억지에 이어, 한국인이 해조류를 섭취하는 방법을 일제강점기에 일본인이 가르쳐 주었다는 망언까지 하고 있다. 온갖 것을 다 자기 나라가 원조라고 우기는 것은 양 나라가 둘 다 똑같다. 근거가 너무 빈약하고 조작에 질투투성이 극단적 우월주의를 그대로 담고 있다.

1608년, 명나라에 서장관으로 갔던 문신 최현崔晛, 1563~1640이 연행록으로 쓴 『조천일록朝天日錄』에는 조선 미역에 관한 뇌물 비화가 실려 있다.

"압록강을 건너자마자, 그때부터 지나는 고을마다 전례에 따라 명나라 관리들에게 많은 물건을 뇌물로 바쳐야 했다. 그들은 대놓고 '인삼, 미역, 부채, 붓, 활' 등의 인정을 요구했다"

과거 미역은 쌀과 면포같이 교역의 가치나 경제적 활용도가 높은 물품 화폐였다. 특히 조선의 미역은 그 품질이 뛰어나 중국 관리들이 뇌물로 요구할 만큼 인기가 있었다. 중국 연안에도 미역이 생산되었으나 맛이 없고 품질이 떨어져, 중원의 귀족들과 황실은 끊임없이 우리 미역을 동경한 여러 기록을 찾을 수 있다. 만약 미역국이 중국이 원조라는 그들의 주장대로라면 주객이 전도되어야 마땅할 일이다.

굳이 이런 증거를 대지 않더라도 식생활 습관은 쉽게 바뀌지 않는다. 한민족은 남한이건, 북한이건, 고려인이건, 조선족이건 따지지 않고 어디에 살건, 지구상에 탄생 음식으로 미역국을 먹는 유일한 민족이다. 다른 나라에서는 그 비슷한 예를 찾아보기 힘든 우리 고유의 식품이었다. 일찍이 미역의 가치를 제일 먼저 알아채고, 그것을 식품과 약품으로 이용할 줄 아는 최초의 민족이었다. 탄생식으로 미역국을 먹고 미역국으로 만들어진 모유를 수유받고, 수시로 미역국을 먹으며 자라난 한민족은 사철 내내 핏속에 미역 유전자가 흐른다.

중국은 지역마다 산후조리 음식이 다르다. 어떤 지역은 닭죽을 먹기도 하고 죽순이나 해삼을 넣은 계란탕을 먹기도 한다. 그리고 삶은 달걀이나 오리알을 먹기도 하고 술을 끓여 마시는 풍습도 있다. 그리고 일본은 출산 후에 톳이나 가쓰오부시를 사용한 요리를 먹기도 하고 토란 조림을 먹는 곳도 있다. 산모용 해산 미역국을 먹는다는 이야기는 어디에도 없다.

적어도 우리의 탄생 음식 미역국은 한민족을 오롯이 한 몸으로 이어주는 삼신할미의 상징으로 다른 산후 음식이 끼어들 틈을 주지 않았다. 우리는 적어도 탕수육은 중화요리라고 부르고, 스시는 일식이라고 불러준다. 문화는 억지로 국가에서 통제한다고 제어 당하는 그런 성질이 아니다. 수요에 따라 순식간에 번지는 통제 안 되는 전파력의 힘이 문화의 속성이기 때문이다. 이웃의 미역국을 탐하지 말고, 그렇게 한국 미역국이 탐이 나면 한국산 미역을 사서 끓여 먹으면 될 일이다.

2021년 4월, NASA에서 3만 6천km 고도의 인공위성에서 바라보는 지구의 모습 중에 신기한 광경을 발견하여 찍어 공개했다. 그것은 한반도 다도해의 완도, 노화도, 고금도의 풍경으로, 바다에 바둑판 모양으로 가지런하게 거미줄같이 엮인 미역을 키우는 양식장 그림이었다. 과학자들이 보기에도 그들이 잡초(Seaweed)라고 생각하는 미역을 키우는 한국인들의 모습이 색다르고 희한했던 모양이다.

나라마다 민족마다 다양한 식문화가 있고, 그것은 그 나라의 고유한 문화와 민족적 정서를 내포하고 있다. 미역은 NASA의 과학자들도 인정하는 고대로부터 한민족의 문화 원형임이 틀림없었다.

"Seaweed has long been prized in South Korea. Traditionally, new mothers eat seaweed soup daily for a month after giving birth to aid recovery. The dish is also a common birthday food.

미역은 오랫동안 한국에서 소중히 여겨져 왔다. 전통적으로 산모는 출산 후에 한 달 동안 매일 미역국을 먹어 회복을 돕는다. 이 요리는 또한 일반적인 생일 음식이다."

  - NASA, Earth Observatory

미역인들의
켈프 하이웨이|kelp highway

우리는 흔히 15세기 이탈리아 사람 크리스토퍼 콜럼버스를 최초로 아메리카 대륙을 발견한 사람으로 알고 있다. 하지만, 따지고 보면 엄연히 아메리카 대륙의 주인은 따로 있었고, 콜럼버스는 유럽에서 아메리카로 가는 서인도 항로를 발견한 것에 불과했다. 실제 그곳에는 13,000년 전부터 시베리아에서 동쪽으로 북태평양 해안선을 따라 이주해서 알래스카와 북미 해안에 걸쳐 살았던, 그들이 '인디언' 이라 부르는 고대 아시아인들이 있었다.

그럼 이 당시에 고대 아시아인들은 어떻게 아메리카 대륙으로 갈 수 있었을까. 우리는 두 가지의 가능성을 유추해 본다. 하나는 BC 13,000년 전 빙하기가 끝나고 해수면 상승으로 베링해가 생기기 전, 두 대륙의 육지가 맞닿아 육로로 이동했다는 가설이 있다. 그리고 또 하나는 지금의 알류샨 열도나 베링해를 배로 이동했다는 가설이다. 그 근거로 오레곤대학의 해양 고고학자 존 얼란드슨Jon Erlandson은 켈프 하이웨이kelp highway, 해조류 고속도로를 들고 있다.

'켈프kelp'는 미 태평양 연안에 자라나는 바닷속 미역이나 다시마 같은 대형 해조류를 통칭하는 말로 쓰인다. 켈프 고속도로 이론은 최초의 미국인이 육지가 아니라 카누를 타고 바다를 통해 동북아시아에서 베링해의 해안선을 따라 남아메리카까지 남쪽으로 이동했다고 주장한다.

어떻게 물범 가죽과 나무로 만든 작은 카누로 시베리아를 지나 아메리카 대륙에 상륙할 수 있었을까. 그 답은 의외로 '카누'였다. 원래 '카누canoe'라는 말은 북아메리카 캐나다 누차 눌스 원주민이 쓴 말에서 시작되었다. 원주민이 썼던 카누라는 말은 '카+누'의 합성어이다.

'카'는 '다른 곳으로 이동하다'라는 뜻의 우리말 '가다', 영어의 go고, 일본어 行〔유크〕와 같은 계통이다. '누'는 배를 젓는 도구를 뜻한다. 우리말은 '노'라고 하고 중국어는 櫓〔로우〕, 영어에서는 Oar오라고 비슷한 발음을 가지고 있다. 또 '항해하다'라는 뜻의 라틴어 no노에도 그 흔적이 있다. 결국, 카누는 '노를 저어 가는 것'이라는 뜻이 된다.

카누는 고대에서부터 오늘날까지 험한 지형이나 얕은 물에서도 유용하게 쓰이는 이동용 작은 보트이다. 물이 새지 않는 견고한 물범 가죽이나 자작나무 재질로 만들어졌기 때문에 부력이 좋고 몸체가 가벼워 속도가 엄청 빠르고 안전했다. 그리고 바다 모양이 안정적이라 얕은 물에서도 무게가 나가는 화물이나 인원을 운반할 수 있고, 암초에 손상되더라도 쉽게 수리할 수 있었다.

이 작은 카누로 대륙을 이동할 수 있었던 경로는 정확히 단정지을 수는 없지만, 존 얼란드슨 교수는 켈프 하이웨이가 그들의 이동에 도움을 주었다고 추정했다. 그 시기에 빙하기가 끝나고 해수면이 상승하자, 땅이 잠긴 고대 아시아인들은 생존을 위한 새로운 환경을 탐색하기 위해 켈프 하이웨이를 이용했다는 것이다.

15,000년 전, 환태평양 해안선의 대부분은 해조류가 짙게 덮고 있었다고 한다. 고대 아시아인들은 미역, 다시마가 잔뜩 자라 비교적 파도가 없이 잔잔한 연안으로, 거대한 조류를 타고 미끄러지듯이, 방해받지 않고 안전하게 해수면 경로를 따라 아메리카 대륙에 상륙할 수 있었다. 그들이 긴 거리를 이동할 수 있었던 것은 풍부한 식량 자원이 있어 가능했다.

켈프 하이웨이 전체 경로에 해조류가 광대한 바다 숲 생태계를 이루었고, 풍부한 어패류와 갑각류와 연체동물의 거처를 제공했다. 그로 인해 그것을 먹이로 하는 고래와 물범, 수달 같은 해양 포유류의 생태환경도 매우 활성화되었다. 빙하기가 끝나고 매머드와 같은 대형 사냥감이 육지에서 줄어들자, 고대 아시아인들은 비교적 포획이 쉬운 어패류와 해양 포유류를 수렵하고 미역, 다시마와 같은 해조류와 나무 열매를 채취하기 위해 항상 이동을 했다. 그래서 켈프 하이웨이 바다 숲은 누대에 걸쳐 항해하는 고대 아시아인들이 먹을 수 있는 식량을 충분하게 지원할 수 있었다.

한편, 고대 아시아인들의 이동 경로를 파악하다가 놀랄 만한 사실을 발견했다. 그들의 이동 경로는 바로 귀신고래의 이동 경로와 신기하게 들어맞았다. 당시 고래는 그들의 숭배 대상이면서 중요한 식량 자원이었다. 도대체 누가 이 엄청나게 먼 거리를 귀신고래를 따라, 17명 안팎이 탈 수 있는 작은 카누로 여러 대에 걸쳐 이동했을까. 그 해답은 태평양 동해의 끝 울산 반구대 암각화에 있었다.

대략 10,000~7,000년 전에 제작된 이 그림은 3m×10m짜리 바위 면을 파내거나 긁어 총 307점의 해양 동물과 육상 동물, 샤먼과 사냥꾼, 배와 도구가 그려져 있다. 그중에 해양 동물이 92점 그려져 있는데, 고래가 62점으로 절반 이상을 차지했다. 그리고 그들의 고래에 대한 지식은 놀라울 정도였다. 귀신고래, 혹등고래, 긴수염고래, 향유고래, 범고래, 돌고래 등의 다양한 종류의 고래에 대한 섬세한 표현과, 새끼를 업고 다니고 젖을 먹이는 모성 행위, 몸을 뒤집는 행위, 물을 뿜는 행위 등이 생태학적으로 그려져 있었다.

반구대 암각화의 작가들은 고유한 특징을 잘 포착하는 매서운

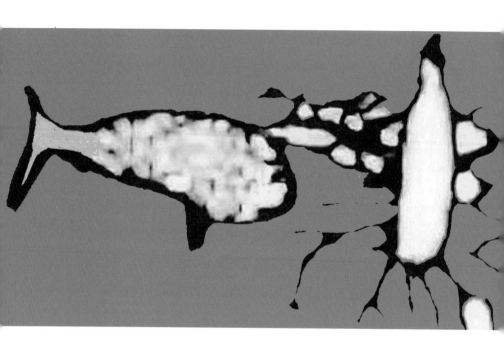

눈의 소유자들이었다. 지느러미가 짧고 목주름이 네 개인 귀신고래, 열 개가 넘는 배 주름을 가진 혹등고래, 등지느러미가 없는 긴수염고래의 고유 특징을 정확하게 표현했다.

미역과 다시마 켈프의 고유 특징도 그들의 눈에 포착되었다. 이 고래들 틈 사이로 다시마나 미역으로 추정되는 해초가 그려져 있었다. 미역과 다시마는 물 위로 뜨게 해주는 타원형의 기포 주머니가 있어서 뿌리는 바닥에 내리지만 줄기가 곧게 서는 고유한 특징이 있었다. 그들은 그 타원형의 기포 주머니 특징을 정확하게 그려 넣었다. 저 고래와 미역과 다시마에 붙어있는 타원형의 기포 주머니로 인해, 고래와 미역에 대한 지식이 풍부한 고대 아시아인들이 알류샨 열도의 켈프 하이웨이를 통해 동북아시아에서 알래스카를 통해 아메리카로 갔다는 단서를 제공하고 있다.

미국 알래스카주 알류샨 열도에는 그러한 증거가 차고 넘친다. 그곳 원주민이 의식을 할 때 사용하는 고래뼈 탈은 그 모양이 울산 반구대 인면 탈 모양과 거의 흡사하고, 2007년 알류샨 열도 아막낙Amaknak섬에서는 세계 최초의 3,000년 전 온돌Ondol을 갖춘 집터가 발견되어 한민족의 원형문화인 온돌의 이동 경로를 증명하였다.

그뿐만 아니라 아메리카 대륙의 원주민〔Native Americans, First Nations〕의 정신세계, 생활문화, 유적 유물, 유전자 등의 다양한 분석을 통해 우리 한민족과 유사한 고대 아시아인들이 최초로 아메리카를 개척한 것은 정설화된 사실이다.

> "4천 년 전 반구대 암각화를 그렸던 선사시대 코리안들이 고래를 따라 한반도에서 연해주, 다시 쿠릴 열도를 거쳐 러시아 캄차카 반도, 이어서 알류샨 열도를 지나 미국 북부의 알래스카로 갔다."
> — 김장근金場根, 1957~

칠레 몬테 베르데Monte Verde
미역인들

15,000년 전, 아직 농업이 시작되지 않았고 수렵과 채집이 일상이었던 고대 아시아인들은 귀신고래와 미역, 다시마를 따라 켈프 하이웨이를 타고 중앙아메리카 멕시코 해안까지 진출했다. 그리고 다시 혹등고래, 범고래, 페루 부리고래를 따라 따뜻한 남쪽 해안으로 계속 이동했다. 초기에는 해안에서 살다가 농업이 발달하자 남미 내륙 곳곳으로 이동하여 정착하였다. 그리고 최초의 남아메리카로 이주한 고대 아시아인들은 아즈텍, 나스카, 잉카, 마야 등과 같은 신비한 문명의 주인공이 되었다.

1975년 미국 밴더빌트대학교의 고고학자 톰 딜레헤이Tom Dillehay는 칠레 남부 몬테 베르데Monte Verde 계곡에서 오래전 구석기시대 건물 유적을 발견하였다. 과학의 힘은 위대하였다. 주거지의 타다 남은 숯을 탄소연대 측정을 해 본 결과, 무려 14,500년 전에 사람이 거주했던 유적임이 밝혀졌다.

최대 30여 명을 수용할 수 있는 18m 길이의 구조물에는 방, 부엌, 화장실 같은 개별 생활 영역이 구분되어 있었고, 앞에는 두 개의 난로가 남아있었다. 그곳에 살았던 사람들은 땅을 파서 고르고, 목재 뼈대에 동물 가죽을 덮어 갈대로 짠 밧줄로 집을 만들었다. 또 그곳에서 14,500년 전, 사람의 발자국과 그들이 사용했던 여러 가지 석기류와 창 같은 무기도 발견되었다.

수렵과 채집으로 얻은 식품을 흙으로 만든 화로 구덩이에서 요리로 만든 흔적도 나왔다. 멸종된 코끼리의 조상 격인 곰포테어 같은 거대 동물의 뼈와 라마 뼈가 발견되었고, 씨앗, 견과류, 갑각류의 흔적도 확인되었다. 그런데 놀랍게도 9종의 해조류가 나왔다.

그곳에 미역이 있었다. 해초 중의 일부는 불로 조리되었고, 일부는 다른 식물과 섞어서 생으로 씹어 먹었다는 것이 확인되었다. 그 미역을 먹었던 사람들이 누구인지는 분명하지 않다. 하지만 지구상에 유일하게 생미역으로 쌈을 싸 먹고, 미역국을 끓여 먹는 문화를 가진 사람들이 누구인지를 안다면 문제는 달라진다. 몬테 베르데 유적은 14,500년 전에 미역을 먹고 미역을 의약품으로 사용한 고대 아시아인들이 켈프 하이웨이를 따라 그곳까지 진출하여 살았다는 것을 증명해 주었다.

캥자캥자 캥서방 엎어치고 술묵자
미역국에는 땀 나고 조피국에는 짐 난다
– 〈동래지신밟기〉 '주신풀이' 중에서

칠레 미역 코차유요의 비밀

　지구상에 유일하게 생미역으로 쌈을 싸 먹고, 미역국을 끓여 먹는 문화를 가진 사람들이 14,500년 전에 남미 칠레 남부까지 진출한 것은 확실했다. 과연 칠레 남부 몬테 베르데 유적의 화로에서 발견된 미역은 어떤 종류이고, 어떤 요리를 해 먹었을까. 놀랍게도 이 미역의 비밀은 적어도 14,500년 전부터 오늘날까지 칠레 남부 사람들의 식재료로 쓰였던 코차유요cochayuyo라는 해조류에 있었다.

　코차유요라는 말은 '바다 식물'이라는 말로 페루, 칠레, 뉴질랜드, 남극 등 주로 남반구 바다에서 나는 미역, 다시마의 일종이었다. 코차유요 줄기의 속은 벌집 구조로 되어있어 부력이 강해, 따로 기포 주머니가 없어도 바닷물 속에서 둥둥 떠서 곧게 자라는 특징을 가지고 있었다. 갈색 해조류 중에서 가장 잎이 넓고 하루에 35cm씩, 최대 15m까지 거대하게 자랐다. 신기하게도 단백

질이 많아 고기 맛이 나서 실제로 과거 칠레 사람들은 이것을 고기 대신 먹었다고 한다.

사회적으로 오랜 기간 형성된 식생활 습관은 가장 변하지 않고 쉽게 고쳐지지도 않고 평생을 이어간다. 심지어는 유전 인자 속에 조상의 음식에 대한 귀소본능이 새겨져 후손들에게 끊임없이 이어지는 게 식문화의 본성이었다.

코차유요는 식감이 버섯같이 좋아 줄기를 잘라 세비체에 넣어 먹기도 하고, 샐러드에 소스를 쳐서 먹기도 하고, 스튜 등 수십 가지 칠레 요리에 사용되고 있다. 주목할 것은 코차유요의 보관

방법이 우리의 미역과 똑같다는 것이다.

그들도 코차유요를 해풍과 햇빛에 말려서 건조하고, 필요할 때 물에 불려 먹는 방식을 썼다. 특히 오늘날 코차유요는 독특하고 쫄깃한 고기 맛이 나서, 건강 채식 요리에 고기 대체품으로 사용하며 인기가 좋아 대외 수출에 큰 도움이 된다고 한다.

더욱 놀라운 것은 우리의 문화 상징 미역국이 칠레에 있다는 것이다. 끓이는 방법도 거의 유사했고, 가족이 다 모였을 때 해 먹는 것도 우리와 같았다. 물에 불린 코차유요를 잘게 썰어 넣고 고기와 감자, 콩, 마늘을 넣고, 물을 많이 부어서 한 시간을 넘게 푹 고는 것도 우리 방식과 똑같았다.

과연 그들은 어디에서 왔고, 또 누구길래 우리와 미역이라는 문화 코드로 이렇게 닮을 수가 있을까?

나스카 라인의 범고래와 미역

미역과 다시마를 섭취하며 살았던 고대 아시아인의 자취는 칠레의 몬테 베르데 유적에서 2,800km 떨어진 북부의 페루 나스카에도 남아있었다. 페루의 수도 리마에서 남쪽으로 370km 떨어진 나스카 해안은 문명의 영향을 전혀 받지 않은 남태평양의 독특한 해양 생태계를 가지고 있었다. 훔볼트 해류의 영향으로 물은 차지만, 남극에서 북상하는 해류에는 세계 어느 곳보다 풍부한 영양분이 밀려왔다.

미역과 다시마는 원래 차가운 물에서 자라는데, 나스카 바다의 한류는 켈프의 성장에 알맞은 온도여서 천혜의 환경을 제공했다. 예부터 나스카 해안 지역은 남아메리카에 존재하는 가장 깨끗한 곳 중의 하나로, 남미 최대의 미역과 다시마 켈프의 자생지역이었다. 해초 숲이 풍부하다 보니 다양한 해양 생물의 거처가 되었고, 대형 어류와 해양 포유류의 야생 고유종이 풍부한 곳이었다.

나스카인들은 바다 숲 켈프가 풍부해야 고래를 비롯한 어류가 번성한다는 사실을 진즉에 알았다. 그리고 칠레 사람들같이 코차유요 미역을 먹었을 것이다.

　나스카 해안에서 73km 떨어진 사막 일대에는 2,000여 년 전에 이 지역 사람들이, 450㎢ 황무지 캔버스에 지구상에 제일 큰, 최소 수십 미터에서 최대 수백 미터짜리 초대형 그림을 그린 유적이 있다. 이 그림들은 너무 거대해서 오직 하늘에서 비행체로 봐야 온전한 그림을 볼 수 있다. 그래서 오늘날까지 온갖 추측과 상상을 자극하였다. 그러나 아무도 이렇다 할 정답을 내놓지 못하고 있다.

　그림의 주제도 다양해서 그들의 일상에서 가장 중요한 상징들,

거미, 고래, 원숭이, 벌새, 거인 등의 동식물 그림과 소용돌이, 직선, 삼각형과 같은 곡선이나 기하학적 무늬 등, 알 수 없는 문양도 수백여 가지나 되었다. 나스카인들은 일찍이 바다의 상징으로 켈프와 고래를 인식하고 있었다. 거기에 63m짜리 범고래와 70m짜리 코차유요 미역이 선명하게 그려져 있었다. 어쩌면 이 신성한 땅에 바다를 대표하는 범고래와 미역을 그리는 것은 너무나 당연한 일이었다.

사실 범고래의 모습은 너무 사실적으로 그렸고, 동시대의 다른 도자기 문양에도 많이 나오는 것이라 의심할 여지가 없었다. 그러나 50m짜리 나무 또는 식물 형상의 이상야릇한 그림은 달랐다. 나스카 그림을 연구한 초기 학자들은 그 그림을 나무[Tree]라고 해석했다. 발견할 당시 아무런 고민 없이 너무 쉽게 나무라고 단정을 지어버렸다. 그리고 모두 이구동성으로 그 학설을 따랐다. 과연 그들은 나무를 그렸을까?

나스카 미역 그림의 수수께끼

북극권은 3개월 남짓의 여름 빼고는 항상 눈과 얼음이 덮여 있는 곳이라, 이누이트는 눈과 얼음을 지칭하는 용어가 수십여 종이 된다. 제주 사람들은 항상 바람이 불고 그 바람을 이용해서 배를 부려야 하기에, 바람의 종류를 나누는 말의 수는 육지 사람들이 이해하지 못할 만큼 많이 있다.

바다를 접하고 사는 해안 지역도 마찬가지였다. 해조류를 먹는 사람들은 녹조류, 홍조류, 갈조류를 따로 구분하였고, 각 이름도 서로 다양하게 가지고 있었다. 내륙 사람들은 절대 이해하지 못할 다시마, 미역, 우뭇가사리, 세모가사리, 매생이, 모자반, 파래, 김, 톳, 청각, 감태, 진두발, 꼬시래기 등 수십여 종을 구분하고 인식했다.

미역과 다시마는 귤과 오렌지같이 서로 닮은 듯하면서도 다른, 헷갈리는 해조류였다. 바닷가 태생인 사람들도 어린 미역과 다시

마는 구별하기가 힘들었다. 그러나 둘 다 수면 아래서 나풀거리는 줄기와 그 아래에 투박한 뿌리 덩어리, 그리고 바위에 붙는 가지 뿌리의 모양으로 미역 아니면 다시마구나 하고 짐작할 수 있다. 해조류를 먹지 않는 서양인들은 뭉뚱그려 켈프kelp라고 붙여버렸다. 일반적으로 해조류인 켈프의 구조도 육지 식물과 같이 뿌리와 줄기, 잎 세 부분으로 구분되었다.

먼저 나스카 미역 그림의 대부분을 차지하고, 실질적으로 우리가 먹는 켈프의 잎〔frond〕을 살펴보자. 약 15~30m 길이로 아래가 풍성하고 위로 갈수록 좁아지는 전형적인 식물의 모상 형태이다. 잎은 엽상체葉狀體, 엽편葉片으로 불리며 바닷속을 뚫고 들어오는 햇빛을 받기 위해 무척 넓다. 켈프의 잎은 광합성 작용으로 태양의 에너지를 받아 활발한 성장 활동을 하고 포자를 만드는 생식 작용도 여기서 이루어진다.

다음은 잎몸〔葉炳, stipe〕인 줄기를 보자. 육지 식물들은 줄기가 몸체를 튼튼하게 받쳐 꼿꼿하게 세워 주며, 땅속의 수분과 영양분을 잎으로 보내주는 중요한 기능을 한다. 그러나 바닷속의 켈프는 몸을 받쳐주지도 못하고 영양분 통로도 없다. 단지 광합성 작용을 쉽게 하도록, 잎을 치켜올려야 했다. 그래서 일반적인 켈프는 크고 작은 둥근 기포 주머니가 반드시 있어야 했다.

하지만 코차유요 미역은 특이하게 기포 주머니가 없다. 다만 줄기의 관이 벌집 구조로 속을 비워, 그 속에 공기를 채워 넣어 몸을 띄우는 구조였다. 그래서 요리를 하기 위해 그것을 자르면 마치 연근같이 생긴 모습을 볼 수 있다. 놀랍게도 나스카에 그려진 코차유요 미역의 줄기는 정확하게 긴 공기를 가두는 관을 그려 넣어 그 고유한 특징을 보여주고 있다.

다음은 켈프를 바위에 부착시키는 뿌리를 살펴보자. 이 미역 뿌리는 켈프의 가장 고유한 특징으로 땅속에 묻혀있는 육지 식물의 뿌리와는 완전 다른 작업을 수행했다. 육지 식물의 뿌리는 수분과 영양분을 빨아들이기 위해 땅속으로 깊이 들어가 우리 눈에 잘 띄지 않는다.

그러나 켈프의 뿌리는 영양소를 흡수하는 대신, 엄청난 조류의 흐름을 견디기 위해 바위에 튼튼하게 부착하는 일이 가장 중요했다. 그래서 햅테라haptera라고 하는 덩어리에서 가지 뿌리가 여러 개 빠져나와, 접착물질을 분비하여 바위에 착 달라붙었다. 켈프의 뿌리는 육지 식물같이 뿌리를 숨길 수가 없어 수중에서 항상 드러나 보였다.

켈프의 뿌리는 눈에 보이는 가장 큰 고유 모습이었다. 나스카의 코차유요 뿌리 가지 6개는 실제로 약 7m의 길이로 전형적인 미역의 모습을 보여주고 있다.

팔파 라인의 45m 다시마 그림

나스카 라인의 Tree가 미역[seaweed]이라는 확신은 2013년, 페루 고고학자 조니 이슬라Johny Isla에 의해 굳혀졌다. 나스카 주 근처에 있는 팔파 지역에서 또 다른 그림군인 팔파 지상화Palpa Lines를 발견한 것이다. 거기에는 누가 봐도 부인할 수 없는 명확한 다시마 그림이 있었다. 45m의 모자반 다시마[bladder kelp]이었다.

그림에는 켈프를 제자리에 튼튼하게 고정하는 뿌리와 물에 둥둥 뜨게 하는 다시마의 고유 상징인 기포 주머니 그리고 광합성을 하는 잎과 줄기가 뚜렷하게 표현되어 있었다. 실제로 페루 칠레 연안의 다시마는 해조류 중에서 짧게는 수 미터, 길게는 수십 미터나 되는 거대한 크기를 자랑했다.

팔파 라인을 그린 사람들이 어떤 문명을 가진 사람들인지, 왜 이 그림을 그렸는지는 정확하게 알 수 없다. 하지만 적어도 2,000년 전에 이 다시마를 섭취하고, 또는 약제로 쓰면 질환을 사전에 방비하는 능력이 생긴다는 것을 인식한 것은 틀림없는 사실이었다.

과거 서양에서는 해조류를 먹지 않아 무관심했고 그 구분이 애매했다. 그래서 미역, 다시마 정도만 켈프kelp라고 부르고 나머지는 모두 바다 잡초[seaweed]로 치부해 버렸다. 심지어 어떤 곳은 바다 환경을 파괴하는 귀찮은 존재로 유해 해조류로 취급하기도 했다.

그러나 최근 10년 동안 서양에서도 미역과 다시마에 대한 인식이 바뀌기 시작하였다. 미역과 다시마에 관한 활발한 연구가 시작되었고, 산모 미역에 관한 각종 연구 자료가 쏟아졌다. 그리고 우리보다 수천 년을 늦게 미역과 다시마를 식품으로 먹기 시작했다. 미역, 다시마에 대한 건강 산업도 활발하게 성장했다.

이 세상에 잡초란 없다. 제각기 자연에 다양한 쓰임새를 가지고 태어났다. 다만 우리가 그 용도를 모를 뿐이다. 그들은 뒤늦게 물개와 바다사자와 고래가 켈프를 먹었고, 수많은 해양 생물과 해양 포유류 및 새까지 포식자로부터 지켜주는 안전한 은신처로 켈프 숲에 의존한다는 사실을 깨달았다.

그리고 켈프가 생태계와 환경에 끼치는 영향에 대한 인식이 상당히 진전되었다. 2013년 내셔널지오그래픽 협회와 국제 해양 보존 단체는 남아메리카에서 오염되지 않은 유일한 해양 환경 중의 하나인 나스카 인근의 해양에 대한 공동 조사를 하였다. 결과는

놀라웠다. 연구팀은 지구상 어디에도 볼 수 없는 자이언트 다시마숲과 그 속에 사는 풍부한 어류와 대형 해양 표본을 발견했다.

자이언트 다시마는 현존하는 가장 큰 해조류로 60m 이상을 자라며, 그 숲속에는 길이 70cm에 무게가 7kg인 거대한 바닷가재도 있었다. 2015년 칠레 정부와 국제 해양 보존기구는 이 지역의 해양 보존의 필요성을 깨닫고, 아메리카 대륙에서 가장 큰 297㎢에 달하는 '나스카-데스벤뚜라다스 해양 보호구역'을 선언했다. 나스카 팔파 라인의 45m짜리 모자반 다시마 그림이 준 선물이었다.

이 두 유적의 발견으로 미역과 다시마를 먹을 수 있는 고대 아시아인들이 빙하기를 피해 따뜻한 곳을 찾아 시베리아에서 알래스카 해안을 돌아 남아메리카 남쪽으로 이주했다는, 태평양 해안의 켈프 하이웨이를 확실하게 증명하였다.

세비체와 코차유요 미역

16세기 잉카제국의 멸망 이후 300년 동안 스페인의 식민지 문화 말살 정책으로 페루와 칠레는 많은 변화를 겪었다. '메스티소'라는 원주민과 유럽계 혼혈인이 증가하였고, 어느 순간부터 식문화 등 대부분 종교와 문화가 유럽식으로 변화되었다. 그렇다고 미역과 다시마를 먹는 문화가 없어진 것은 아니었다.

그들은 우리 미역 DNA같이 오늘날에도 코차유요 미역을 끈질기게 먹고 있다. 페루와 칠레 해안에는 우리의 해녀 모습과 똑같은 복장을 한 사람들이 바다에 들어가 코차유요를 따내는 작업을 하고 있다. 그리고 해안가 바위나 덕장에서 코차유요를 널어 건조시키는 모양도 우리 모습과 똑같다.

태왁에 방금 수확한 코차유요 미역과 문어를 챙기는 사람에게 무엇에 쓸 거냐고 물었다.

"세비체에 사용할 것입니다.
오늘 좋은 점심거리가 될 것입니다."

　페루와 칠레 등 라틴 아메리카는 산, 바다, 강, 정글, 고원, 화산 등을 다 가진 땅으로 세계에서 생물 다양성이 제일 풍부한 지역이다. 라틴 아메리카는 세계의 식량창고로 우리가 먹는 파인애플, 토마토, 코코아, 감자, 고구마, 옥수수, 고추, 마늘 등의 원산지이기도 했다.

　특히 페루와 칠레는 이를 기반으로 각종 동식물과 과일, 해산물 등을 이용한 음식의 종류가 많기로 소문난 곳이다. 특히 해산물은 그 크기와 종류 수가 놀라울 정도였다. 그곳은 고대 문명을 거쳐 세계적인 음식으로 발전한 세비체ceviche라는 라틴 아메리카 대표 요리의 발상지였다. 물론 페루뿐만 아니라 칠레식도 있고, 남미 전체에 다 있다. 각기 들어가는 식재료도 다르고 요리 방식도 다른 여러 종류의 세비체가 있다.

　보통 싱싱한 생선이나 문어 같은 해산물을 회처럼 썰고, 라임과 소금 등으로 절였다가 고수, 고추, 양파, 양상추, 토마토, 해초 등을 섞어 나오는 그런 방식의 음식이다. 세비체는 일반적으로 애피타이저로 나오며 주 요리로 먹을 때는 삶은 고구마와 옥수수와 곁들여 먹는 음식이다. 그런데 신기하게도 그 모양새나 맛이 각종 채소와 해초를 섞어 초장에 비벼 먹는 우리의 회무침과 너무나 똑같다.

지구상에 날생선을 먹는 유전자를 가진 나라는 동아시아뿐이다. 중국은 13세기 이후 없어진 습속이고, 그 유속을 지금껏 유지하는 나라는 일본과 우리뿐이다. 일본인들은 세비체가 자기네 사시미와 비슷하다고 하는데, 어림없는 소리이다.

첫째, 일본의 사시미와 한국의 회는 근본적으로 모습이 다르다. 일본의 사시미는 생선을 잡아 몇 시간 숙성시킨 후에 먹는 선어鮮魚 방식이고, 반면 우리 회는 살아있는 생선을 바로 회를 쳐서 먹는 활어活魚 방식을 쓴다. 그래서 일본의 횟집에는 수족관이 없고, 우리 횟집은 기본적으로 수족관이 갖추어져 있다.

회나 사시미를 찍어 먹는 소스도 차이가 난다. 회는 식초를 많이 사용하고, 사시미는 간장이 기본 소스이다. 그래서 우리 회는 신맛으로 먹고 일본의 사시미는 간간한 맛으로 먹었다. 세비체도 역시 '시다'라는 뜻의 '세'를 기본으로 하는 신맛을 강조하는 음식이고, 갓 잡은 신선한 해산물을 사용했으니 사시미와는 거리가 멀다.

둘째, 일본 음식과 한국 음식의 먹는 방식의 근본적인 차이이다. 우리는 음식을 먹을 때 고기, 채소, 양념 따지지 않고 뭐든지 비벼야 직성이 풀리는 고유의 독특한 식습관이 있다. 반면 일본은 덮밥을 먹을 때도 고명이 얹어진 밥을 그대로 파먹지, 절대 섞어 먹지 않는다.

세비체의 모습은 생선 살과 채소와 신맛의 융합으로 마치 우리 회 비빔밥에서 고추장과 밥만 빠진 모습과 흡사했다. 그리고 일단 일본인들은 근처에도 못 갈 만큼 지독하게 매운 고추를 곁들여 먹었다. 세비체는 활어와 신맛 소스, 채소 비빔 등으로 누가 보더라도 우리 회무침과 쌍둥이같이 닮았다.

이 세비체에 신선한 코차유요 샐러드는 수천 년 동안 그들의 일상 식단의 일부로 사용되었다. 심지어 칠레 세비체에는 루체 luche라는 김이 샐러드에 추가되어 풍미를 더하기도 했다. 그뿐만 아니라, 코차유요를 식초에 담가 먹기도 하고, 스튜 및 샐러드로 사용하기도 하고, 미역국을 끓여 먹기도 했다. 심지어 그들의 코차유요 수프는 우리 미역국과 흡사하게 만들었고, 가족들과 같이 나누어 먹는 방식까지 똑같았다. DNA는 이렇게 미역과 다시마에 관한 오래된 메시지를 정확하게 저장하고 있었다.

오늘날 페루 칠레의 남태평양 해안 지역은 미역인의 후손답게 세계적인 켈프 생산지로 변모했다. 그들은 조상들이 그러했듯이 배를 타고 연안으로 나가, 신이 내린 축복의 산물 켈프를 낫으로 잘라 바위에 펼쳐 말린다. 이렇게 수확한 이 지역의 켈프는 그 품질이 지구상에서 최고로 우수하다. 그래서 뒤늦게 그 가치를 알아본 서구 세계에 영양제, 비료, 의약품, 화장품 등 여러 다양한 제품을 만드는 데 수출을 하고 있다.

오늘날 남태평양의 제일 긴 해안선을 가진 칠레는 해조류의 저장량뿐 아니라 식량 안보 측면에서도 선두 주자로 달리고 있다. 그것은 어쩌면 그들이 오랫동안 잊지 않고 14,500년 동안 나스카 라인으로, 팔파 라인으로 기억해 준 미역과 다시마가 내리는 축복인지도 모르겠다.

> "해조류 채취에 종사하는 사람의 90%가 여성이며, 이들은 그로 인해 빈곤에서 해방됐다. 그리고 코차유요를 캐는 여성은 세계 식량 안보의 열쇠를 쥐고 있다."
> – 미켈레 바첼레트 칠레 대통령, 유엔식량기구 FAO-2014 기조연설

미역 로드의 끝

우리와 너무나 유사한 고유문화 원형은 단지 페루의 코차유요 미역에만 있는 것이 아니었다. 희한하게도 수천 년을 뛰어넘어 그들의 풍습과 언어는 우리와 너무나 유사한 양상을 보인다. 페루 원주민들은 음식을 먹을 때 우리의 고수레 풍습같이 먼저 대지의 신에게 감사 표시를 한 다음 먹었다.

특히 조상을 숭배하여 사람이 죽으면 3년상을 치르고, 매장했다가 5년 뒤에 유골을 수습해서 집 안에 모셨다. 1년에 한 번씩 찾아오는 제삿날을 소중히 여기는 것도 우리와 유사하였다. 우리가 사방에 동 청룡, 서 백호, 남 주작, 북 현무 같은 사신 체계로 되어있듯이, 그들도 동쪽은 콘도르, 서쪽은 퓨마, 남쪽은 자칼, 북쪽은 뱀이 수호해 준다고 믿었다.

한편, 언어학적인 면에서도 그들의 언어에서 고대 한국어와 같은 계통의 언어들이 발견되는 것이 흥미롭다. 원래 귀하고 존엄

한 것들은 이름이 좀체로 변하지 않고 대대로 전해졌다.

'범'은 호랑이를 가리키는 우리말이다. 12세기 북송의 사신 손목이 쓴 계림유사에는 '虎曰 蒲南切'라 하여 고려말로는 '푸난치'라고 불렀다. 蒲南切는 '푸난치〉보남이〉보남〉보남〉범'이라는 말로 변이했다. 현재 페루에서 땅과 힘을 상징하는 Puma라는 동물이 우리말 범과 그 뿌리가 같다.

그들이 신과 소통할 수 있는 유일한 동물로 신성시하는 안데스 '콘도르'는 '콘+도르'의 합성어이다. '콘'은 '크다'라는 의미이고, '도르'는 우리 말의 '닭', 일본어의 鳥〔도리〕와 같이 '새'를 뜻하며 '큰 새'를 말한다.

이러한 민속학적, 언어학적인 증거 몇 개를 가지고 선대가 같은 뿌리라고 단정 짓기에는 무리가 있다. 그러나 유전자는 속일 수가 없었다. 도구와 언어를 사용하고 높은 지능을 가진 인간의 DNA 유전자는 방대하고 놀라운 것들을 담았다. 신체적 형질뿐만 아니라 인품, 성격, 성향 같은 정신적 특징은 물론이고, 심지어는 질병, 버릇까지 그대로 물려받았다. 또 좋아하는 음식, 좋아하는 취미, 좋아하는 운동, 좋아하는 이성, 좋아하는 예술 유형까지 부모로부터 자식에게 똑같이 전해졌다.

그래서 한 핏줄 간의 끌림은 오래전부터 알았던 사이같이 자연스러운 것으로 '빼닮다, 빼쏘다'라고 표현했다. 그것은 과학으로 설명할 수 없는 묘한 유전적 유대감을 형성했다. 그들도 역시 미역과 코차유요로 국을 끓여 먹고, 세비체와 회를 신 소스에 찍어 먹고, 매운 고추와도 먹고, 치차라는 옥수수 막걸리를 마셨다. 그리고 모자 쓰는 것을 좋아하고, 손재주가 뛰어나고, 화려한 색을 좋아하고, 음악과 가무를 좋아했다.

그들이 21세기에, 14,500년의 세월을 뛰어넘어, 마음을 끌어당기는 유전적 동질감으로 한국의 문화력[cultural power]에 끌리기 시작했다. 특히 나스카와 잉카의 나라 페루는 다양한 문화가 혼재해 있으나, 한국 드라마를 시작으로 한국어, K팝, 한식, 한국산 전자제품, 스타 패션으로 라틴 아메리카에서 가장 한류가 거센 곳이다. 이것은 단순하게 '참신성, 다양성, 신속성'으로 한류 확산을 해석하기에는 어려운, 동질성 DNA 유전자의 힘이 아닐까 추측할 뿐이다.

2003년 북경 근처의 티엔유안 동굴에서 발굴되었던 유골의 DNA 분석 결과이다.

"그들은 약 2만여 년 전 남쪽, 동쪽으로 대이동을 하였다. 지금 남 아메리카 원주민들은 동아시아 대륙에서 아메리카로 이주한 티엔 유안인의 후예이다."

 - Chinese Academy of Sciences, Max Planck Institute of Evolutionary Anthropology, UC Berkeley 공동연구팀

그들이 누구이든, 인류역사상 처음으로 켈프 하이웨이를 타고

고래를 따라 대륙을 건너, 따뜻한 남아메리카 쪽으로 바닷길을 개척한 것은 명확했다. 그리고 고래에게서 미역 먹는 법을 배웠고, 칠레 몬테 베르데 유적, 나스카 라인, 팔파 라인에 그 고유한 흔적을 남겼다.

그들이 누구이든, 세계에서 미역을 건조시키고, 미역국을 끓여 먹는 유일한 민족인 한민족과 특별하게 연관이 있음은 공정한 관찰로 부인할 수 없다. 이러한 고고학적 유물과 미역국을 먹는 식습관 그리고 그 자손들에게서 찾을 수 있는 유전적 자취로 그 다양성을 추적해 보았다.

쌀 문화 일만 오천 년

미역국에
밥 한 그릇

'죽어도 씨오쟁이는 베고 죽는다' 라고 하는 한국인의
쌀 사랑은 종교 이상의 무엇인가가 있었다. 어디를 가더
라도 씻나락을 운명과 같이 지니고 다녔고 땅이 있는 곳
이면 어디든지 뿌렸다. 심지어 상식적으로 벼농사를 지
을 수 없는 제주도의 경우에도 악착같이 벼를 심었다.

벼의 시작

농사철이가 돌아와서 신농씨 오기만 기대리네
신농씨 간제가 언제라고 신농씨 오기만 기다리요
– 경남 김해

신농씨는 동양에서 불을 사용하는 법, 약초 쓰는 법, 쇠를 다루는 법, 그릇을 만드는 법, 농사를 짓는 법을 가르친 전설의 황제이다. 그래서 우리나라에서는 농신으로 모시는데, 농사짓기 소리에도 꼭 등장하는 인물이다.

신화에 의하면 인류는 초기에 농사짓는 법에 대해 무지했다. 신농씨는 들에 불을 질러 거름을 만드는 법, 씨를 뿌리는 법, 도구로 땅을 일구는 법, 그리고 수확물을 담는 그릇을 불로 굽는 법 등 오늘날 우리가 누리는 기본 식문명을 전해 준 존재였다.

신농씨는 고구려 고분벽화에서 사람의 몸에 소의 머리, 새의 다리를 가진 형상으로 등장한다. 흰 뿔, 검은 두상에 푸른 눈, 오른손에 벼 이삭을, 왼손에 약초를 움켜쥔 그의 모습이 상세하게 그려져 있다. 중국인들이 무조건 자기네 조상이라고 우기고 있지만, 원래는 묘족의 조상신이고, 베트남의 조상신이고, 고구려의 조상신이었다.

중국에서 그려지는 신농씨는 사람의 얼굴 형상이지만, 전설같이 전해지는 그의 형상은 이렇다. 즉 사람 몸에 소 머리 형상에다가, 그것도 벼와 약초를 든 모습이다. 여기에 가장 딱 들어맞는 모습이 고구려 벽화이다. 이렇게 사실적인 증거 자료는 중국 어디에도 찾아보기 힘들다. 뭐든지 무조건 자기네 것이라고 우기는 중국에 따끔한 일침을 가하는 고구려 벽화 신농씨의 모습은, 역시 중국의 천적은 고구려임을 보여준다.

증거를 중시하는 사학계는 20세기까지는 중국의 양쯔강 일대에서 발견된 볍씨 유적으로 약 1만 년 전부터 이곳을 신농씨의 벼농사 시발점으로 인식하고 있었다.

그러나 20세기 후반 대단한 발견이 이루어졌다. 1997년 충북대 고고미술사학과 이융조 교수팀은 충북 청주시 옥산면 소로리에서 구석기 유적을 발굴하던 중, 토탄층에서 불에 탄 볍씨 12개를 발견하였다.

과학의 힘은 대단했다. 소로리 탄화미를 미국의 지질연대측정 전문기관에 의뢰했던 이융조 교수팀은 놀라운 결과를 통보받았다. 그 탄화미가 무려 1만 3천~1만 5천 년 전의 볍씨라고 밝혀졌고, 하버드대 연구소를 비롯한 세계 공인기관으로부터 가장 오래된 벼 품종으로 인증을 받았다.

기존에 우리가 알듯이 부족국가 시대부터 벼농사를 지어 온 것이 아니라, 그보다 훨씬 전인 구석기시대부터 이 지역에서 야생 벼를 채취하든지, 아니면 벼농사를 지어 밥을 해 먹었다는 이야기였다. 우리가 먹는 밥 문화는 1만 5천 년의 역사를 가지고 있었고, 우리가 바로 세계 쌀 문화의 중심지였다.

쌀을 주식으로 하는 민족은 쌀과 관련한 단어가 많이 생성되어 있다. 우리 쌀은 심고, 성장하여, 수확하는 과정마다 그 이름이 달랐다. '씻나락'을 심으면 '모'가 나고, 모가 자라 알곡을 달면 '벼'가 되고, 타작하여 껍질을 쓴 알곡을 '나락'이라 하였다. 여기서 도정을 하면 '쌀'이라 하였고, 물을 붓고 열을 가하면 사람이 먹는 '밥'이 되었다. 그래서 쌀과 밥의 종주 민족으로 조심스럽게 '모 - 벼 - 나락 - 우케 - 쌀 - 메 - 끼 - 지 - 밥'이라는 벼와 관련된 용어들을 추적해 본다.

벼농사에 관한 최초의 기록은 3세기 진수가 쓴 「위지동이전魏志東夷傳」'변진'편에 나온다. "변진은 토지가 비옥하고 오곡과 벼 재배에 알맞고 잠상을 익혀 알고 비단을 짤 줄 안다"라는 내용이 실려 있다.

『삼국사기三國史記, 1145』「백제본기」를 보면 벼 재배의 시작과 관련한 정황이 구체적으로 기술되어 있다.

"AD 30년 제2대 다루왕 3년 때 동부의 흘우가 마수산 서쪽에서 말갈과 싸워 크게 이겨, 말 10필과 조 500섬을 하사했다."

이 기록에서 쌀이 아니라, 조 500섬을 흘우에게 상으로 주었다는 것을 보면, AD 30년까지는 쌀이 등장하지 않았다는 것을 알수 있다. 이때까지는 벼가 주식으로 자리 잡지 못하고 콩, 팥, 수수, 조와 함께 그냥 일반적인 곡식으로 취급되었다. 그런데 그로부터 3년 뒤 다루왕 6년 2월의 기록에는 쌀이 등장한다.

"나라의 남부 주군에 벼농사를 짓게 했다."

그전에는 벼가 그냥 일반적인 곡식이었으나 AD 33년부터 본격적으로 주곡으로 자리 잡아 벼농사를 정책적으로 장려했다는 것을 알 수 있다.

인간은 생존을 위해 닥치는 대로 뭔가를 먹어야 하는 원죄를 지니고 태어났다. 그래서 밥이라는 절대적 권력 앞에는 밥줄, 밥통, 밥그릇이라는 이름으로 한없이 초라해지고 무기력해졌다.

한민족의 정서에는 독특한 '밥심'이라는 것이 존재했다. Strength, Power, 力으로 옮기기에 모호한 이 말은 '쌀밥을 먹어야 힘이 난다'라는 말과 같았다. 그래서 우리의 역사는 충분한 쌀의 확보에 모든 것을 집중했고, 흉년은 곧 모든 비극의 원천이 되었다.

鼎小 鼎小 소쩍 소쩍

鼎小飯多炊不了 솥이 작아 밥을 많이 지을 수 없다지만

今年米貴苦艱食 금년에는 쌀이 귀해 먹고 살기 괴로우니

不患鼎小患無粟 솥이 작다 걱정 말고 없는 양식 우환이네

但令盉中有餘粮 다만 동이 속에 남은 곡식 있어

乘熱再炊猶可足 불을 지펴 다시 끓이면 그것도 족하리

－「정소鼎小」, 장유張維, 1588~1638

    밥에 대한 갈망은 제발 쌀이 넘쳐나는데 솥이 적다고 우는 소쩍새처럼 그런 근심 한 번 가져봤으면 하는 막연한 절실함을 노래한다. 그래서 한 톨 종자에서 밥심이 되기까지의 한민족의 신앙적 행위와 같은 그 순례길을 따라 걸어본다.

씻나락 한 톨의 가치

씨는 '동물이나 식물을 번식시키는 새로운 근원'을 뜻한다. '씨 도둑질은 못 한다'는 말이 있듯이 씨는 비슷한 유전형질로 세대를 연결하는 압축된 알맹이였다. 한편 식물의 씨는 '작다'를 뜻하는 '앗'이 붙어 열매의 씨낭에 들어있는 작고 단단한 핵심을 가리키며 따로 '씨앗'이라 칭하기도 했다.

씨의 고대어는 '시' 계열과 '달' 계열이 있다. '시' 계열은 '새롭다, 시작한다'라는 의미로 동식물에 다 해당하는 말이다. 씨를 뜻하는 영어 seed(시드), 라틴어 semen(세멘), 몽골어 Y P(쑤르)우르 등에 그 흔적이 있다. '달' 계열은 식물 전용으로 '씨낭이 줄기에 달린 모양'에서 유래한 말이다. 심마니들의 은어에서 '달'은 '씨'를 이르는 말이고, 우리말의 달래, 딸기, 오돌개 등이 그 계열이다. 그리고 씨앗을 뜻하는 일본어 種(다네), 우즈베크어 don(던)은 그 흔적이 선명하고, 중국어 種(도응)조응)에도 희미하게 남아있다.

한편 '시'는 우리나라에서 '시〉 삐〉씨'의 변이를 거치는데 여기에 볍씨의 비밀이 숨어 있다. '삐'라는 단어는 '벼+시'의 뜻으로 종자의 대명사로 볍씨가 자리 잡았음을 말해주고 있다. 이런 경우는 우리나라뿐만 아니라 중국도 마찬가지였다. 종자 '種'을 풀어보면 '벼 禾(화)+무거울 重(중)'인데, 이 말은 '한 해 풍작의 시작은 볍씨가 다 차지할 만큼 중요하다'라는 뜻이다. 이런 연유로 중세어에는 '뿌리, 근원'이라는 뜻으로 '씨'가 접미사로 붙어 글씨, 솜씨, 맵시, 마음씨, 말씨 등의 새로운 말이 탄생하기도 했다.

한톨종자 싹이나서 만곱쟁이 열매맺는
슬기로운 이농사는 하늘땅의 조화로다

모야모야 노랑모야 언제커서 열매맺나
이달가고 새달커서 칠팔월에 열매맺지
– 북 예천

"농사꾼은 굶어 죽어도 씨앗을 베고 죽는다"라는 말이 있듯이 농사꾼은 이듬해 논에 뿌릴 씨앗을 그만큼 소중하게 생각했다. 볍씨 한 톨이 40여 개의 열매를 맺는 벼농사는 인류가 수렵에서 농경으로 삶을 바꿀 만큼 매력적인 산업이었다. 그 씨앗 볍씨를 '나락의 씨'라고 '씻나락'이라고 했다.

타작을 할 때도 씻나락은 다칠까 봐, 절대 탈곡기에 넣지 않았다. 어른들은 씻나락으로 쓸, 알이 차고 튼튼한 벼를 따로 베어 홀태에 소중하게 훑었다. 그 낟알을 말려 쥐나 좀이 들지 않게 허공에 띄우거나, 단지에 넣어 소중하게 간직했다.

말도 안 되는 소리를 할 때, "귀신 씻나락까 먹는 소리"라는 말을 한다. 이 말에는 슬픈 사연이 있다. 농부는 아무리 배가 고파도 씻나락은 깊숙이 감추어 놓고 손대지 않는 것이 원칙이었다. 그러나 병든 부모님이나 배고픈 아이들을 위해 그것을 하는 수 없이 꺼내 먹고 말았다. 봄에 곡식을 파종할 시기가 오자, 농부는 이웃들에게 모자라는 볍씨를 빌리러 다녔다. 사람들이 씻나락의 행방을 묻자, 배고픈 귀신이 까먹었다고 엉뚱한 핑계를 한 데서 생긴 슬픈 속담이었다.

'죽어도 씨오쟁이는 베고 죽는다' 라고 하는 한국인의 쌀 사랑은 종교 이상의 무엇인가가 있었다. 어디를 가더라도 씻나락을 운명과 같이 지니고 다녔고 땅이 있는 곳이면 어디든지 뿌렸다. 심지어 상식적으로 벼농사를 지을 수 없는 제주도의 경우에도 악착같이 벼를 심었다.

　서귀포의 하논 분지는 그 땅을 개척하여 제주에서 유일하게 지금도 벼농사를 짓고 있는 곳이다. 그리고 서해의 백령도는 간척지와 많은 용수로 인해 주민의 70% 이상이 어업보다는 농사를 짓는데, 그것도 벼농사가 위주이다. 화산섬 울릉도도 풍부한 수량으로 80년 이전에는 일부지만 벼농사를 지었다.

　벼는 열대 우기의 작물로 많은 양의 물이 필요했고, 섭씨 13도 이상에서 재배가 되는 작물이었다. 따지고 보면 한반도 북부는 벼농사에 적합하지 않았으며, 실제로 함경도까지가 벼농사의 북방한계선이었다.

1863년, 한반도에 기근이 들어 함경도 사람들은 두만강 건너 발해의 옛 고토 연해주로 살기 위해 넘어갔다. 포시에트 지역은 주인 없는 땅이 대부분이었고, 이곳을 개척하여 씻나락을 뿌려 농사의 한계선을 넓혔다.

1937년 소련 공산당 중앙위원회가 주동하는 극동 블라디보스 토크 거주 한인 강제이주 정책에 의해 18만 고려인들은 강제로 열차에 태워졌다. 40여 일 만에 도착한 곳은 불모의 땅, 지금의 중앙아시아 우즈베키스탄 타슈켄트였다. 타슈켄트 지방 사람들 은 이들 동양계 이주민을 '카레이스키'라고 불렀다.

이들은 강한 생명력으로 절망하지 않고, 추위와 굶주림 속에서 도 척박한 땅을 개간해서 논을 만들고 수로를 만들어, 가지고 온 생명의 씨앗 씻나락을 뿌렸다. 그리고 우리식으로 벼를 재배하여 벼농사의 북방한계선을 북위 47도로 끌어올렸다. 1881년부터 만 주에 진출한 한인들도 쓸모없는 황무지를 개척하여 수렁을 파서 씻나락을 뿌려 길림성을 만주 최초의 논농사 지역으로 탈바꿈시 켰다.

1903년 최초의 공식 이민선이 제물포에서 미국 하와이로 떠났 다. 그것을 시작으로 약 3년간 7천 명 이상이 사탕수수 농장에서 중노동을 해야 했다. 그중에 함경남도 정평 출신의 김종림이 있 었다. 그는 1906년부터 하와이 사탕수수 농장에서 일하였고, 노 동 계약 기간이 끝난 1909년에 본토 캘리포니아로 이주하였다.

'제 땅이라고는 메밀씨 모로 박을 땅도 없다' 라는 말같이 한 평의 땅뙈기와 한 톨의 씻나락도 없었지만, 기적을 일구었다. 1912년 그는 고향에서의 농사 경험을 살려 농토를 빌려 벼농사를 짓기 시작했다.

과연 한민족은 벼농사의 천재들이었다. 그는 매해 풍작을 이루어 프린스톤에 농지를 구입하여, 불과 2년 만인 1914년에는 12만 평의 논에서 6,200여 석을 수확하는 대농이 되었다. 그 시기에 발발한 제1차 세계대전으로 인해 쌀값이 폭등하자 그는 많은 이익을 남겼고 '라이스 킹'으로 불리며 많은 회사와 자선단체를 세웠다.

특히 씻나락으로 쌀농사에서 성공한 후, 그는 만석꾼 살림을 한인과 조국의 독립과 교육 사업에 아낌없이 투자한 것으로 유명하다. 1920년 대한민국 임시정부가 '독립전쟁의 해'를 선포했고, 본토 공격을 위해 비행기 훈련장이 절실했다. 그는 자신의 농장에 비행 훈련장을 건설하였고 훈련단을 설립하는 자금을 대는 등 대한민국 독립의 큰 바탕이 되었다.

"한톨종자 싹이나서 만곱쟁이 열매맺는" 이라는 가사 그대로 씻나락 한 톨이 한민족에게 어떤 가치이고, 우리가 얼마나 벼농사를 잘 짓는 민족인지 보여 주는 피눈물 나는 역사이다.

모야 모야 노랑모야

'모'는 씻나락을 모판에 뿌려 한 뼘 정도 자란 크기의 어린 벼를 말한다. 일반적으로 옮겨 심기 위해 키우는 식물의 어린것은 '모종'이라 불렀는데 특별하게 벼의 어린싹만 모라고 불렀다. 모는 '마, 모' 계열로 '으뜸, 크다, 처음'이라는 뜻이 있다.

왕을 뜻하는 신라어 마립간이 있고, 극존칭으로 쓰는 마마, 마님, 마누라 등이 모와 친족 언어들이다. 처음을 뜻하는 머리, 몯딸, 맏아들, 맏나물, 크다를 뜻하는 마당, 무당 등도 같은 계열이다. 모종을 뜻하는 한자어 苗묘, 중국어 苗〔미야오〕도 한 갈래이고, 어린 벼인 모를 뜻하는 타밀어 mudi무디, 베트남어 ma̖마도 같은 계통이다.

첫 모를 키우는 곳을 못자리, 못판, 왕판, 모자리판이라고 하고, 모를 이앙하는 것을 '모를 찐다'라고 했다. 우리나라는 벼농사 위주의 농경 문화권이라 절기가 농사를 결정짓는 중요한 시점이었다. '백로 안에 벼 안 팬 집에는 가지도 말아라', '하지가 지나면 발을 물꼬에 담그고 산다', '입추 때 벼 자라는 소리에 개가 짖는다', '소서가 넘으면 새각시도 모심는다' 등은 모두 그 절기에 해치워야 하는 바쁜 농사에 관한 속담들이다.

그중에 '곡우穀雨에 비가 오면 풍년 든다', '곡우에는 못자리를 해야 한다'라고 곡우를 특별하게 강조하는 농사 속담이 있었다. 이는 음력 3월 절기상 곡우에 농사의 시작인 못자리를 만들어야 농사에 차질이 없다는 중요한 농업지침이었다. 이 시기를 놓치고 늦게 못자리를 하면 모든 농사 일정이 뒤처지기 때문에 과거에는 곡우 무렵에는 관가에서도 죄인을 잡아가지 않을 정도로 놓치면 크게 후회하는 못자리 날이었다.

못자리는 엄마의 자궁과 같은 곳이라 아이를 키우듯이 애지중지 정성을 다했다. 못자리 논은 돌이 없는 부드럽고 편평한 땅을 골라, 먼저 2월에 온갖 거름을 듬뿍 밟아 넣어 지력을 돋우었다.

> 모 밟자 모 밟자 노루개 하고 모 밟자 (뒷소리)
>
> 청명 곡우 돌아왔다 갱자리 캐서 모 밟자
> 이랴 자랴 홀찡기는 큰 머슴의 노루개
> 우장 삿갓 곰방대 작은 머슴들 노루개
> 올랑졸랑 조래기 정지꾼의 노루개
> 진 담뱃대 쌈지는 우리 할부지 노루개

우루룽부루룽 물래질 우리 할매 노루개
우리 아부지 노루개 지게 목발이 노루개
우리 엄마 노루개 살림살이 노루개

– 경남 밀양 〈모 밟기 소리〉

다음은 못자리 작업이었다. 못자리 논을 갈 때는 쟁기로 깊이 갈고, 모가 영양분을 잘 빨아 먹게끔 흙덩이를 곱게 부수어 흙을 골랐다. 그다음 양팔 넓이로 논바닥보다 약간 높게 모판 두둑을 만들었다. 여기에 흙과 거름을 고루 섞어 씻나락을 뿌릴 자리를 편평하게 만들었다.

그다음은 씻나락 담그기였다. 못자리에 쓸 씻나락은 마치 해산 민속같이 물에 담글 때부터 온갖 정성을 기울었다. 역시 시작이 반이었다. 씻나락을 담근 자배기에 솔가지를 씌우고, 그 기간은 초상집이나 아기를 낳은 집 출입을 삼가했고, 개나 돼지를 잡는 등 부정한 일을 피해 다녔다.

이렇게 정성을 들인 씻나락이 작은 움을 틔우면 씻나락을 못자리에 뿌린 다음 꾹꾹 눌러 주었다. 그때 농부는 시루떡과 밥, 술을 준비하여 논둑에 놓고, 새나 쥐가 씻나락에 접근하지 않게 농신께 못자리 고사를 올렸다.

지역의 형편에 따라 물못자리가 있고, 밭못자리가 있었다. 물못자리는 물을 댄 상태로 씻나락을 뿌려 모를 기르는 방식이고, 밭못자리는 물을 대지 않고 모를 기르는 방식이다. 중요한 것은 온도를 적당하게 올려줘야 모가 잘 성장하기 때문에 과거에는 짚으로 온도 조절을 했고, 근대에는 비닐 온상을 설치해서 밤낮으로 물 조절과 온도 조절, 환기 등에 세심한 주의를 기울였다.

그리고 50여 일이 지난 오월에 모를 쪄내 논으로 옮겨 심었다.

모가 자라면 모판에서 모를 쪄서 본격적으로 논에 모내기를 한다. 이를 '모심기'라고도 하는데, 모심기를 끝내고 논에 안착하면 그때부터 '벼', 또는 '나락'으로 이름이 바뀌었다.

한강에다 모를부어 모찌기가 난감하네
하늘에다 목화숨거 목화 따기가 난감하네
한강같은 이못자리 장기판같이 남았구나
장기판은 있건마는 장기둘이가 어디로갔소

농사야 법은 제쳐놓고 신농씨는 어디로 갔소
태고야 때가 언제라꼬 신농씨 없어서 못짓겠나
– 양산 웅상 〈긴 모찌기 소리〉

조리자 조리자 이 모자리로 조리자
여러분들 손을모아 이모자리로 에우세
염천초목에 호미야 손들 놀리소
밀치라 닥쳐라 호미야 손들 놀리소
에우세 에우세 이모자리로 에우세
– 경남 고성 〈짧은 모찌기 소리〉

모심기와 벼

좁은 국토에서, 우리 기후와 잘 맞지 않는 아열대성 벼농사의 한계선에서 농사짓기를 하다 보니, 첫 모심기는 사뭇 진지함과 간절함이 묻어나는 농경의 본격적인 시작이었다. 논으로 옮겨진 못짐은 띄엄띄엄 모를 심을 논바닥에 던져 넣었다. 모꾼들이 두레를 조직해서 일제히 논으로 들어서면 못줄이 들어섰다. '못줄'은 벼 한 포기가 차지할 수 있는, 어른 손 한 뼘 남짓 간격을 붉은 꽃실로 표시한 긴 삼줄이나 나일론 줄을 말한다.

모꾼들은 길게 늘어뜨린 못줄의 꽃실에 열을 맞추어 촘촘하게 모를 꽂았다. 그렇게 한 줄을 다 꽂으면 "자 -" 소리와 함께 다음 줄에 맞춰서 모를 심어 나갔다. 질퍽한 논에서 일꾼 한 사람이 발을 좌우로 움직이며 엎드려 모를 심는 모꾼의 이동 거리는 좌우로 3m 남짓이었다.

농사 소리의 절반은 모심기 소리라고 해도 과언이 아닐 정도로

전국에 수많은 모심기 소리가 있다. 이는 노동의 피곤함과 지루함을 잊기 위한 노래로 모를 심는 동작과 딱 들어맞게 느린 3박자의 노동 리듬을 가지고 있다. 대개 논바닥에 엎드려 부르기에 혼자서는 너무 힘이 들기 때문에 그 소리 짝이 있어 2인이 한 조로 1절 교환 창 방식을 택했다.

먼저 소리를 내는 사람이 "물꼴랑 철철 헐어 놓고 주인네 양반

어데 갔노"라고 반절을 하면, 소리 짝이 "문어야 대전복에 손에 들고 첩의 방에 놀러 갔나"라고 반절로 답했다. 이런 교환창식으로 2명의 소리 짝들이 서로 주고받거나, 문답하면서 모를 심는 동안 온종일 소리를 했다. 그 소리도 하루 일의 경과에 따라 아침소리, 점심참 소리, 해거름 소리로 시각에 따라 나누어져 있고, 가사도 다양했다.

허나허나 하낙이로구나 하나하나 하낙이로구나 (뒷소리)

요리조리 심어두 또 하나로구나 하나하나 하낙이로구나
여기저기 심어도 일자모가 된다 하나하나 하낙이로구나
여기저기 막 꽂아도 사방줄모가 된다 하나하나 하낙이로구나
돌림모를 심으까 곧은 모를 심으까 하나하나 하낙이로구나
– 강원 철원 〈아침 소리〉

더디다 더디다 점심챔이가 더디다 (뒷소리)

숟가락 단 반에 세니라고 더디나
바가지 죽 반에 끼니라고 더디나
미역나리 챗국에 맛본다고 더디나
짚신한짝 메투리한짝 끄니라고 더디나

짜린치매 진치매 끄니라고 더디나
작은에미 큰에미 싸운다고 더디나

삼간집 모리개 도니라고 더디나
　– 경남 고성 〈점심 등지〉

오늘해가 저문날에 골골마다 연기나네
우리야임은 어디가고 연기낼줄 모르는고
오늘해는 다저문날에 무슨행상 떠나가노
이태백이야 본처죽어 임의행상 떠나가네
　– 대구 검단 〈저녁때 부르는 소리〉

　이렇게 모가 논바닥에 안착을 하여 한 달 정도 지나서 제법 줄기가 무릎까지 올라오면서 그 실한 놈을 우리는 '벼'라고 불렀다. 벼라는 말은 우리나라 전역에서 통하는 말로, 열매, 줄기, 뿌리를 통틀어 지칭하는 말이다. 벼는 우리가 먹는 쌀의 원천으로, 15세기에도 벼로 표기하였을 정도로 역사가 깊은 말이다. 이 말은 식물을 뜻하는 풀艸을 어원으로 한다. 식물의 색깔을 '푸르다, 파랗다, Blue' 라고 하는 것도 풀이라는 음소와 연관이 있다. 또 그 식물이 자라는 땅을 푼/밭/밭이라 했고, 식물의 이삭이 자라는 것을 '피다' 라고 했다. 그리고 달린 이삭을 종류에 따라 볼/보리, 필/밀/wheat, 퐅/팥, 퍼/벼라고 하였으며 모두 풀에서 변이되었다.

　같은 쌀 문화권인 인도는 넓은 땅에다, 민족도 다양하고 언어도 다양하였다. 산스크리트어에서는 벼를 vrihi브리히라 했고, 인도 남부의 타밀어에서는 biya비어, payir빠이르라고 했다. 타밀어는 우리와 유사한 어군들이 많아 2,000년 전의 가락국 허황후의 인도 도래를 증명하고 있다. 신기하게도 타밀어로 풀草도 pul풀로 우리와 발음이 똑같다. 라틴에서 풀을 뜻하는 말 fenum페눔, 영어에서 쌀, 벼, 논을 의미하는 paddy패디, 숲을 뜻하는 forest포레스트도 역시 같은 풀 계통이다.

하기야 사람의 목숨줄을 쥐고 있는 중요한 주곡의 줄기이니, 이름이 나라마다 서로 비슷한 것은 어쩌면 당연한 일일지도 모르겠다. 풀이든 벼든 브리히든 빠이르든 먹고 배부르면 그만이었다.

김매기와 나락

'벼는 농부의 발걸음 소리를 듣고 자란다' 라고 했다. 모를 심고 나서 며칠도 안 되어 운명같이 어느 논이든, 논물을 타고 들어온 잡풀 씨앗들이 거름이 잘된 논바닥에 소리 소문 없이 안착했다. 논에서는 벼를 제외한 모든 것들을 잡초로 취급하는데, 피, 물옥잠, 물달개비 등이 그것이다. 이러한 잡풀들은 벼의 생장을 방해하고 생육에 필요한 양분을 빨아 먹는 골칫덩어리였다.

이 잡초를 '김, 기심, 지심' 이라 했는데, 이러한 불필요한 잡풀을 없애고 논바닥의 흙을 뒤집어 주는 두레를 논매기, 김매기, 지심매기, 기슴매기라고 했다. 논매기 두레는 두레꾼들이 단체로 공동 작업을 하는데 지역마다 보통 일 년에 서너 번을 맨다. 모를 심은 후, 한 달 뒤에 호미로 초벌 김매기를 한다. 이를 아시김매기, 애벌매기라고 했다. 중복 무렵이면 두벌 김매기를 하는데, 흙이 부드러우면 맨손으로 매고, 거칠면 대나무로 만든 조운鳥耘이

144

라고 하는 제초 도구를 사용하여 김을 매었다.

조운은 운조耘爪라고도 하며 대나무 대롱에 손가락을 끼워 끝을 새의 부리같이 뾰족하게 깎아 손가락도 보호하고 무논을 파기에 쉽게 만든 김매기 도구였다. 일제강점기에는 쇠갈퀴가 있는 돌기가 돌아가면서 무논도 뒤집고, 제초의 작용도 하는 인력 제초기가 들어와 조운을 대체하였다.

칠월 백중 무렵에 벼가 더 크기 전에 마지막 김매기인 세벌 김매기를 하는데, 이를 망시매기라고 했다. 이 마지막 김매기는 피를 뽑거나 잡초를 손으로 뽑아 무논에 발로 밟아 넣어 나락이 영그는 마지막 거름으로 보탰다.

김매기는 삼복더위에 허리를 크게 구부려서 맨손이나 호미로 하므로 매우 힘들고 어려운 농사일이었다. 또 단기간에 많은 노동력을 한꺼번에 투입해야 효과가 있으므로, 논을 맬 때는 모심기와 마찬가지로 공동 작업을 하는 두레가 조직되었다.

영농조직 두레는 경험이 많은 그 우두머리를 행수라고 하는데, 두레 조직은 그 우두머리의 명령에 복종해야 하고 그의 판단에 따라야 했다. 김매기는 장마와 삼복더위라는 날씨 변수가 있어 "오늘 매지 못하면 내일 매지"가 통하지 않았다. 노련한 행수는 그날의 날씨, 일꾼의 숫자, 논의 형태 등을 판단하여 '오늘은 아무개 논, 내일은 누구네 논' 하는 식으로 논매기의 순서를 정했다. 그리고 그의 명령에 따라 논을 매었다.

모심기 소리는 일의 동작에 맞게끔 구성되어 있지만, 논매기 소리는 노동의 피로감을 상쇄하는 감성적이고 슬프고 길게 빼는 어산영魚山永풍의 소리가 많았다. 그리고 지역마다의 개성적인 여러 가지 소리가 있었다.

어으 하에 이어 호호야 (뒷소리)

허야 소리야 하 어찌나 좋은지
없던 신명이 절로 난다
아침나절 만난 농부
해만 지면 이별일세
오늘날은 여기서 놀고
내일날은 어디로 가나
– 경기 여주

강릉이라 남대천 물 -빨
빨래 방치 둥실 떴네
팔도라 돌아들어 간간 데 -쪽
쪽 내 집일세

모학산에 자란 처녀 -한
한양 낭군 찾아 가네
– 강릉 학산 〈오독떼기〉

올놀놀 상사디야 (뒷소리)

논을매세 논을매세
이논배미 논을매세
열두마지기 논배미를
이리저리 둘러매세
– 경남 거창

이 마지막 김매기가 끝나면 벼의 줄기와 이삭이 사람 가슴 높이만큼 자라나, 하얀 장꽃을 피우고 열매를 맺는다. 이때부터 벼는 '나락, 나록, 날그'라고 하는 또 다른 이름으로 불렸다. 우리나라 남부지역에서 나락은 벼와 같이 줄기와 이삭 전체를 뜻하는 말이면서, 낟알만을 따로 지칭하는 말이기도 했다.

나락은 '낟 + 알'로 '낟'은 곡식의 알갱이를 말하고, 우리말과 연관이 많은 인도 타밀어로는 naaththu낟뜨라고 한다. '알'은 낱개 열매를 뜻하며 타밀어에서는 알을 ari아리라고 비슷한 음소 양상을 보인다. '락'은 터럭(털+억), 뜨락(뜰+악)과 같이 명사형 접미사 '악/억'이 붙어서 '나락'이 되었다.

한편 나락은 쌀밥을 칭하는 이밥과도 친족어이다. 이북 지역은 쌀밥을 '이팝'이라고도 했다. 모두 나락 계열인 '니밥'을 어원으로 한다. 니밥은 '니+밥'으로 '니'는 쌀이나 벼를 가리키는 말이다. 겨가 벗겨지지 않은 채로 밥에 섞여 있는 불량한 쌀을 말하는 '뉘'라는 말이나, '끼니'의 '니'도 같은 계열이다.

중국 남부에서는 벼를 '누안'이라고도 지칭하고, 인근의 타밀어는 nel넬이라고 하고, 베트남에서는 nep넵이라고 한다. 한편 일본에서도 어린 벼를 苗〔나에〕라고 하고, 벼를 稻〔이네〕라고 하는 것을 보면 벼를 '니'라고 부르는 지역도 광범위한 것 같다.

명태는 담백하고 비린내가 안 나서 싫어하는 사람이 거의 없어, 동태, 노가리, 황태, 북어, 코다리 등 많은 이름을 가지고 있다. 그렇듯이 벼도 여러 가지 이름이 있는 것은 당연한 세상의 이치였다.

음력 7월 보름 즈음에 그해의 마지막 논매기인 망시매기를 하고 나면 봄부터 시작한 농사일의 정점을 찍고 약 한 달간 휴식에 들어갔다. 이제부터는 하늘이 볕으로 나락을 여물게 하는 일만 남았다. 두레는 일꾼들의 노고에 대한 보답으로 간단하게 떡도 하고 술을 돌려 한편 흐드러지게 놀았다. 이날은 지역에 따라 이름이 다양했다. 백중 무렵에 한다고 백중놀이라고도 하고, 장원한 선비가 어사화를 관에 꽂고 말을 타고 풍악을 울리면서 금의환향하는 장원례壯元禮 모습을 흉내를 내었다고 장원놀이, 장원질놀이라고도 했다.

장원질놀이는 그해 두레 회원들의 논을 살펴, 농사가 가장 잘된 집의 일꾼을 농사 장원으로 뽑아, 마치 과거에 장원한 것같이 흉내를 내는 데서 유래했다. 머리에는 어사화 대신에 삿갓을 거꾸로 씌우고, 소나 사람 어깨에 장원자를 태우고 풍물을 치며 술과 음식을 장만한 집으로 행진해 들어가면서 노는 놀이를 말한다.

지역에 따라서 김매기와 관련한 풀草, 호미를 넣어 초연草宴, 호미걸이, 호미씻이, 풋굿이라고도 했다.

이 덕이 누 덕이고
주인 마누래 인심가

이 덕이 누 덕이고
우리 동무 발 덕가
풍물 치는 농군들아
어서 치고 술 묵자
미역국에 짐 나고
조피국에 땀 난다
우리 주인네 인심 덕으로
우리 한잔 잘 먹겠십니다
- 양산 웅상 〈장원질 소리〉

타작과 우케

그 후, 한 달이 지나고 나락이 잘 여물면 논물을 빼고 논바닥을 말린 후 추수를 했다. 벼 타작은 과거에는 개상, 챗상, 태상이라는 농기구를 주로 이용했다. 개상은 큰 돌덩이나 통나무에 다리를 달아 가로로 세워놓고 만든 것으로, 개 모양으로 생겼다고 붙은 말이다. 볏단을 들고 개상 위에 태질로 내리쳐 낟알을 털었다. 그밖에 그내라는 빗같이 생긴 농기구로 이삭을 훑어 나락을 얻기도 했다.

> 들왔나 들왔네
> 에야호 에야호
> 참나무 개상에 에야호
> 닭잡구 술먹자
> 헤헤야 헤헤이 허아 에헤이 나간다
> 들왔나 들왔네

에야호 에야호

우리가 살면 에야호

몇백년 사느냐

헤헤야 헤헤이 허아 에헤이 나간다

— 충남 홍성 〈개상질 소리〉

타작한 나락은 건조 과정을 거쳐야 했다. 마당이나 공터에 큰 덕석이나 멍석을 펴고 나락을 부어 말리는데, 참새나 닭의 접근을 막기 위해 지키는 사람이 해 떨어질 때까지 붙어서 당그래나 발로 나락을 뒤집어 주며 건조를 시켰다.

보름도 안 되는 기간이지만 이렇게 덕석에 말리려고 널어놓은 나락은 따로 '우케'라는 이름으로 불렀다. 우케는 나락의 옛말로 '우+케'의 합성어이다. 지역에 따라 '우깨, 우키, 으캐, 우게미'라고 부르기도 했다.

'우'는 '불〉붓〉웃〉우'의 변이를 거쳤다. '불'은 '풀〉불'로 변이된 말로, 불알, 붕알과 같이 '씨, 종자'를 일컫는 옛말이다. 이 '불'은 영어에 더욱 선명하게 남아있다. 불알을 뜻하는 영어의 bollocks발럭스, 거세하지 않은 황소를 뜻하는 bull불이 같은 계열이다. '케, 끼'는 밥의 의미이다. 우리말에 한 끼, 두 끼 하는 밥을 뜻하는 끼니에 이 말이 살아있다.

우리말과 발음이 유사한 일본어 '우케'는 일본의 고어로 곡물의 신을 뜻한다. 일본어로 아침 식사인 '조쑈꾸', 저녁 식사인 '유께'와 같이 '꾸, 께'는 식사를 뜻하는 말로 남아있다. 그리고 터키의 kebap케밥도 이와 무관하지 않다. 즉 우케는 단순하게 말리는 나락이지만, 곡령이 깃든 소중한 종자라는 의미가 있음을 짐작할 수 있다.

건조를 시킨 우케는 다시 나락이라는 이름을 회복하고 껍질을 벗기는 도정의 과정을 거쳤다. 옛날에는 주로 '매통, 목매'라고 부르는 도정 기구로 나락의 겨를 벗겼다. 일종의 나무 맷돌로 큰 통나무 두 개를 상하로 연결하여 빙빙 돌려 마찰 때문에 겨를 분리하는 방식이다. 이렇게 하여 일차로 벗겨진 껍질을 '왕겨'라고 했다.

왕겨를 벗겨낸 현미는 도정 도구인 절구방아, 디딜방아, 물레방아, 연자방아를 이용하여 하얀 살이 나올 때까지 찧는 작업을 계속했다. '방아'는 '박는다'라는 동사에서 유래했으며 곡식을 변형할 때 쓰는 도구이다. 이 작업을 마지막으로 이차적인 껍질인 등겨가 나오고, 그다음에 최종으로 사람이 밥을 지을 수 있는 하얀 쌀이 나왔다.

> 강태공의 조작방애 산에나리 산진방애
> 들애나리 디들방애 골고자바 연자방애
> 미끌미끌 기장방애 원수끝에 보리방애
> 찧기좋은 나락방애 등애나무 물 방애
> 사박사박 율미방애 짜골짜골 녹살방애
> 오동추야 밝은달애 황미백미 찧던방애
> ― 경북 칠곡

씨에서 쌀로

쌀은 벼의 속살인 '쌀'에서 파생한 말이다. 생물이 가지고 있는 살은 모든 생명의 원천이요, 몸의 바탕이다. 그래서 쌀이라는 말은 멥쌀, 찹쌀의 쌀뿐만 아니라 보리쌀, 좁쌀, 찹쌀같이 사람이 먹는 모든 곡식의 바탕 명사로도 쓰인다. 그래서 쌀, 살, 삶生, 사람人이라는 말은 다 친족 관계라 해도 무관하지 않다.

쌀은 예부터 육체적 정신적 생존의 원천으로 단순한 식량 이상의 가치로 존재해 왔다. 또 정치, 경제, 사회, 문화 등 모든 인간의 활동이 쌀과 밀접한 관계를 맺었다. 정치적으로 쌀은 국민의 생존과 직결되는 곡식으로 국가는 얼마나 많은 농토를 확보하고 있고, 어떤 수리 정책을 쓰고, 얼마나 많은 쌀을 생산하고 있는가로 부국, 빈국의 판가름이 났다.

그리고 국민이 배부르냐, 배고프냐로 모든 정치적 사건들이 터졌고, 전쟁과 화평의 원인과 결과도 결국 모두가 쌀과 인과 관계가 있었다. 경제적으로 쌀의 생산, 쌀의 유통, 쌀의 운송, 쌀의 소비 등이 국가 경제의 기본 초석이 되었다. 쌀은 예부터 화폐경제보다 훨씬 가치 있는 물품화폐로 농경사회에서 물물교환 경제의 주축이었다. 현대에 이르러서도 한국의 모든 계모임 회칙에 "부조는 쌀 80kg 한 가마로 한다"로 명시될 정도로, 지금도 들쑥날쑥한 화폐보다 절대 가치를 가지고 있다.

농경사회에서 쌀은 신과 조상과 인간을 이어주는 신물이요, 그 자체가 종교였다. 조상을 섬기는 모든 절기가 벼의 생장과 관련이 있었고, 제사 때는 쌀을 이용한 밥과 떡, 술, 식혜 등이 주된 제물이었다. 골매기나 성주를 모시는 고사는 생쌀을 신체로 삼았다. 생쌀을 단지에 넣거나 한지로 싸서 세존단지나 놋그릇에 담아 성주나 지신으로 섬기며 안과태평安過太平과 만복을 빌었다. 쌀은 곧 조상이요 집안의 가택신인 성주 그 자체였다.

과거에는 쌀을 사러 갈 때는 "쌀 팔러 간다"라고 하고, 반대로 쌀을 팔러 갈 때는 "쌀 사러 간다"라고 표현했다. 이것은 사람들이 예쁜 아기를 보고 "왜 이리 밉게 생겼나"라고 반대로 말하는 것과 같이, 귀한 것에 대한 신의 시샘과 화를 누그러뜨리려고 쌀의 들고 남을 거짓으로 말해, 신을 속이는 민속 행위였다. "쌀 한 알이라도 버리면 천벌 받는다"와 같이 예부터 쌀은 한국인의 명줄을 쥐고 있어, 그 명칭에도 큰 변화가 없었다.

12세기 송나라 손목이 쓴 『계림유사鷄林類事』에서 "米를 고려

사람들은 漢菩薩한보살로 부른다"라고 하는 것을 보면 지금의 '한보살〉흰쌀'과 비슷하게 부른 것을 알 수 있다. 지금도 경북 지역에서는 '쌀'을 '살'이라고 발음을 하는데, 그 흔적이 남아있는 증거이다. 하기야 쌀이 곧 살, 살키肉가 되니 그것도 맞는 말이기도 하다.

우리와 같이 쌀을 주식으로 먹는 인도 지역에도 쌀의 흔적이 있다. 인도의 표준 힌디어로 쌀은 shali사리라고 하며 우리말과 거의 유사하다. 인도 북부에서는 쌀을 soru쏘루, 밥을 chawal짜왈이라고 하고, 인도 남부 타밀어로 쌀은 arici아리씨라 하며 영어 rice라이스의 원천이 되었다.

쌀의 근원은 씨앗이며 씨앗의 완성체가 곧 쌀을 말한다. 씨앗은 '씨+앗' 의 합성어이다. '씨' 는 세포에 유전자를 담고 있는 작은 알맹이로 동식물을 번식시키는 근원으로, 15세기에는 'ᄡᅵ' 라고 했고 그 후에 '시〉씨' 의 변이과정을 거쳤다. 'ㅂ' 은 바탕을 뜻하고, '시' 는 씨앗을 뜻한다. 씨種의 한자어 氏는 싹이 튼 줄기에 씨눈이 난 모습으로 동식물의 종족보존 바탕이 되는 말이다. 우리가 철수 씨, 영희 씨라고 호칭으로 쓰는 말도 이와 같은 뜻이다. 그래서 중국어도 氏씨, 일본어도 ㄴ씨로 우리말과 발음이 같다.

허브의 종자인 basil바질, 영어에서 씨를 뜻하는 seed시드, brit브릿, pip핍에도 'ᄡᅵ' 의 흔적이 뚜렷하게 남아 있다. 산스크리트어에 이삭을 뜻하는 sil실과 히브리어로 아들을 뜻하는 shi시도 이와 같고, '씨앗, 자손' 이라는 뜻의 라틴어 semen세멘과 정액을 가리키는 sperm스펌 등이 고대어 '시' 와 같은 계통이다.

'앗' 은 씨 속에 있는 곡식의 작은 알갱이다. '낟' 이나 타원형의 생식세포를 지닌 '알' 과 같은 뜻으로 '알〉앋〉앗' 의 변이과정을 거쳤다. '작은 것, 어떤 차례의 그다음' 이라는 뜻으로 아우, 시앗첩, 아저씨, 아줌마 등에 쓰이고 있다. 결국 씨앗은 열매 속에 들어있는 종자를 뜻하며 '씨-싹-씨앗' 으로 변이하였다. 그리고 씨알은 하나하나의 알갱이로 인간이 섭취하는 곡식을 뜻하며 '씨-싹-씨알-쌀' 이 탄생하였다.

밥 한번 같이 먹자

'밥'이란 말은 사람이 먹는 곡물 음식을 뜻하는 말이다. 그리고 일반 명사로 사람이나 가축이 먹는 식물성 끼니를 모두 칭하는 말이기도 했다. 오늘날에는 쌀밥이 밥의 끼니를 가리키는 위치를 차지하고, 나머지 어느 잡곡이 섞인 것에 따라 보리밥, 수수밥, 조밥 등의 이름이 붙었다.

밥도 벼와 같이 풀에서 유래된 말로, '풀〉푼〉팓〉받〉밥'의 변이를 거쳤다. 우리말 밥을 중국에서는 飯[판], 일본어로는 飯[한], 만주어로는 buda부다라고 한다. 또한, 북인도에는 밥을 bab받이라 하고, 남인도에는 patham빠탐이라 하며, 모두 '받, 반'이라는 'ㅂ' 계통의 비슷한 땟거리를 공유하고 있다. 영어에서는 meat[고기]가 일반적인 food[음식]를 대표하지만, 우리는 밥이 곧 쌀밥을 의미하고, 일반적인 식사 전체를 뜻하는 말이 되었다.

쌀밥을 짓기 위해서는 먼저 쌀을 씻었다. 이때 쌀을 씻어 나오는 뿌옇게 뜨는 물을 '뜨를〉뜨물'이라 하였다. '뜨물'이란 말 속에도 쌀의 'ㅅ'이 숨겨져 있다. 선조들은 쌀과 관련한 부산물을 절대 함부로 버리지 않았다. 이 뜨물은 국물의 재료로 쓰거나 여인들의 미용수로도 쓰이고, 가축의 먹이로도 썼다.

씻은 쌀을 솥에 넣고 물을 일맞게 부어 불을 넣어 가열하면 끓어 넘친다. 잠시 후 불을 죽여 약한 불에 뜸을 들였다. '그대로 둔다'라는 뜻의 '씀〉뜸'에도 쌀의 'ㅅ'의 흔적이 보인다. 물과 불을 거치는 이러한 과정에서 단단한 쌀이 촉촉하고 부드러운 밥으로 변했다.

한민족은 이렇게 갓 지은 밥을 먹는 것을 삶의 구체적인 목표로 삼았다. 이 밥을 더운밥, 따신밥이라 하여 안정, 평안, 행복, 대접을 상징하는 최고의 가치로 여겼다. 반면에 "식은 밥이 밥일런가"라는 말과 같이 찬밥, 식은 밥은 '사람들에게 제대로 대접받지 못하는 안 좋은 상황'을 의미하는 한탄 조로 쓰이는 말이 되었다. 그래서 신조어인 집밥이라는 말에는 시간에 쫓기고, 생활에 시달리는 현대인들의 더운밥에 대한 그리움이 오롯이 묻어 있다.

하기야 이것도 저것도 아닌, 없는 사람은 찬밥 더운밥을 가리지 않고 그저 먹는 것만으로도 만족하고 살아야 했다. 쌀은 이렇듯 많은 시간과 노력의 산물인 데다가, 또한 손이 많이 가기 때문에 '밥을 한다'라는 말보다는 '밥을 짓는다'라는 표현을 주로 썼다.

한편 의식주, 집이나 옷이나 밥은 예부터 그만큼 중요하고, 많은 재료와 정성을 쏟았기에 모두 특별히 '짓는다'라는 표현을 썼다. "먹는 밥이 살로 간다"라는 말이 있듯이 한국인은 밥심으로 살았다. 약식동원藥食同源을 주장하는 허준許浚, 1546~1615의 『동의보감東醫寶鑑, 1610』에서는 밥을 약으로 보고 있다.

> "밥은 성질이 화평하며 단맛이 나고, 위를 편안하게 하고 살을 만든다. 뱃속을 따뜻하게 하고 설사를 그치게 하고, 기운을 솟게 하며 마음을 안정시키는 작용을 한다."

밥은 단순하게 밥그릇, 밥값, 밥걱정, 밥벌이같이 먹고 살기 위한 먹을거리를 떠나, 한국인의 정서에서 여러 가지 속뜻을 내포한 문화 코드였다.

"밥 한번 같이 먹자"라는 말은 가장 일반적인 인사로 꼭 식사를 같이하자는 말보다는 '너와 친해지고 싶다'라는 완곡한 표현이었다. "밥은 먹고 다니니, 밥은 꼭 챙겨 먹어라"는 '쉬어 가면서 해라, 요즘 사정이 어떠냐' 등의 근심 어린 인사말이다. "밥값은 해야지, 밥 먹고 합시다"는 '가장 기본적인 일'을 이야기하는 표준이었고, "밥맛 떨어진다"는 '정말 마음에 안 든다'는 뜻이었다.

그런데 과거에는 곡식이 항상 모자라, 밥을 많이 먹는 것도 큰 흠이었다. 그래서 "함지 밥 보고 마누라 내쫓는다"라고 하여 밥

을 많이 먹는 아내를 내친다는 말이 생겼고, 바보라는 말도 밥만 많이 먹는 사람을 '밥보'라고 부른 데서 유래한 말이다. 이 밖에 밥도둑, 밥장군, 밥쟁이, 밥통 등이 다 그런 뜻이다. 그런데 바보라는 말은 하도 똑똑하고 약삭빠른 사람들이 많이 사는 세상에서 들어도 크게 기분이 상하는 말은 아니다.

예부터 쌀밥은 신께 올리는 최고의 제물이었다. 사찰에서 부처님께 올리는 밥을 마지공양摩旨供養이라 했다. 이 마지공양을 지을 때는 잡다한 말을 삼가고, 밥 가운데 제일 잘된 부분을 올리는 등, 공을 들이는 게 법도였다. 유가에서도 제사를 지낼 때 쌀밥을 올렸다. 사직제, 묘제, 사당제, 가제 때 올리는 쌀밥을 '메'라고 따로 불렀다. 그리고 나중에 조상과 친지와 같이 음복이라는 공식을 했다. 마을에서 올리는 동제나 당산제도 마찬가지로 쌀밥을 '메'라고 불렀다. 그리고 떡과 술보다 귀하게 다루었다.

특히 쌀이 귀한 섬 지역에는 쌀 신앙이 더했다. 남해, 통영, 사천 등 서부 경남의 도서 지역에는 밥무덤, 밥구디, 밥구덕, 밥돌이라고 부르는, 밥을 묻어 두는 신앙터가 있다. 마을의 중심이나 정결한 자리에 사람 키만 한 돌탑을 쌓고 감실을 만들고 금줄을 쳐두었다. 이 감실은 동제에 쓴 메를 한지에 곱게 싸서 흙으로 묻고 돌 뚜껑을 덮은 모습을 하고 있다.

밥무덤은 쌀을 주관하는 지신을 모신 곳으로 마을의 당터와 같이 매우 신성하게 여겼다. 그래서 밥무덤을 만들 때는 거름을 낸

삽이나 괭이를 쓰지 않았다. "섬 처녀 시집갈 때까지 쌀 서 말 못 먹고 간다"라는 말이 있을 정도로 도서 지역은 농토가 귀해 쌀이 최고 존귀한 식량이었다. 이런 귀하디귀한 쌀밥을 터를 다스리는 지신께 올려, 내년에도 쌀농사의 풍요와 마을의 안과태평을 약속 받고 싶은 애틋한 염원이 이런 민속을 만들어 내었다.

밥은 이 땅에서 오랫동안 사람들의 배고픔을 해소하고 생명을 유지하는 근본이었다. 그래서 밥이 곧 하늘이요, 밥이 곧 땅이요, 밥이 곧 사람이었다. 밥벌이가 점점 험난한 시기에 밥이 끼치는 사상, 철학, 종교의 정신적 근간은 일단 제쳐 두고, "영감 밥은 누 워 먹고, 아들 밥은 앉아 먹고, 딸의 밥은 서서 먹는다"와 같은 눈칫밥 안 먹고, 따신밥 먹으며, 바보 소리 들으면서 마음 편하게 살고 볼 일이다.

높은 밥, 메

불과 50년 전만 해도 먹는 밥만 보아도 그 집의 경제적 형편이 훤히 드러났다. 순 쌀밥만 먹는다는 것은 잘사는 집이고, 잡곡과 쌀이 적당하게 섞이면 그저 그런 집이고, 잡곡만 먹는 집은 가난한 집안이었다. 요즘은 건강을 생각해서 그렇다고 하지만, 어떤 밥을 먹느냐로 모든 것이 짐작되는 서글픈 시대가 있었다.

'밥'이라는 용어는 입에 들어가는 모든 곡물의 끝에 붙는 말이었다. 그러다 보니 그 종류도 참으로 다양했다. 보리만으로 지은 밥을 보리밥이라 했고, 기장으로 지은 밥은 기장밥이라 했다. 조의 열매는 알맹이가 작다는 의미의 좁쌀, 소미小米라고 했고, 그 지은 밥을 좁쌀밥이라 했다. 찰기가 많은 찹쌀로 지은 밥은 차지다고 찰밥이라 했고, 끈기가 있고 쫀득하며 주로 생일이나 절기 음식으로 특별하게 찰떡, 찰밥을 해 먹었다. 찰밥은 일반적으로 기운이 없을 때나 병에서 회복할 때 먹었다. 그래서 재배 면적이

크지 않았다.

　반면에 우리가 보통 먹는 밥은 멥쌀, 입쌀로 메벼에서 재배한 것이었다. 멥쌀은 색깔이 반투명하고 밥을 지으면 찹쌀보다는 끈기가 없었다. 그러나 기름지고 윤기가 있고 부드럽고 향이 구수하여 뜨거워도 맛있고 식어도 맛있었다. 이 밥을 메밥, 뫼, 메라고 불렀다.

‘뫼’는 산의 고대어로 ‘모다’라는 말에서 파생되었다. ‘흙을 모아서 올린 곳’이라는 뜻으로 뫼, 메라고 칭했다. 우리말 멧돼지, 메아리, 메우다, 메밀, 영어 mountain마운틴, 일본어 山〔야마〕 등에 그 흔적이 있다. 한편 ‘흙을 모아서 올린 곳’ 또 하나는 묘소를 들 수 있다. 그래서 조상의 묘소를 뫼, 묘, 모, 묏등으로 칭했다. 그 후 뫼는 한자의 유입으로 튀어 오른 곳을 의미하는 봉峰과 산山으로 변화하였다.

　한편 ‘산山’은 흙을 모아 ‘쌓다’에서 파생된 말이었다. ‘쌓〉삿〉사〉산’의 변이과정을 거쳤고 산소, 중국어 山산이 그 계통이다. 이처럼 뫼와 산은 ‘모다’와 ‘쌓다’로 그 본래의 뜻을 선명하게 나타내고 있다.

　동서고금을 막론하고 예부터 뫼와 산은 신성한 곳이었다. 하늘과 통하는 통로, 하늘의 뜻이 인간세계를 향해 내려오는 매개체로 여기고 산신이 머무르는 곳으로 경배하였다. 여기에서 뫼는 ‘모시다’는 뜻을 하나 더했다. 원래 궁중에서 왕가에 올리는 밥을 ‘메’라고 불렀다. 『월인석보月印釋譜, 1458』에는 “뫼는 진지, 밥이라는 뜻이다”라는 구절이 있다. 이 뫼라는 말을 민간에서 가져가 조상이나 신령에게 제를 지낼 때 상에 올리는 밥을 뫼, 메, 메밥이라 하자, 궁중에서 이와 구별하고자, 왕의 밥을 수라라고 했다.

　“가난한 집 제사 돌아오듯”이라는 말이 있듯이 누대로 이 땅에 살아오면서 아무리 가난해도 명절이나 제사 같은 특별한 날에는 조상님께 항상 흰쌀밥을 올렸다. 그리고 이것도 '메'라고 했다.

그러나 제사상에 올린 메는 사실 다 식어 맛이 별로였다. 그래서 식고, 퍼석하고 찰기가 적다는 '메지다'라는 말이 생겼다. 이 '메지다'를 제주어로는 '모이다'라고 하는네, 메의 뜻이 더욱 선명해진다.

중국어로 쌀을 뜻하는 米미이, 일본어로 쌀을 뜻하는 米〔고메〕, 타밀어로 '먹다'의 뜻인 mey메이에 밥의 고어 뫼의 자취가 남아 있다. 이처럼 뫼, 메에는 '높은 땅, 높은 밥'의 뜻이 숨어 있다.

흐릿한 시간의 끼니

쉰밥

꽃가루 설거지 비 내려 더 부산한 화요일
프레스 발판을 밟을 때마다
쉰밥 한 숟가락이 쏙쏙 쌓이고
해진 철판을 파란 불로 녹여 붙일 때마다
설움의 목구멍이 깊다
식은 밥 한 숟가락을 퍼 먹기 위하여
내 속에서
한 숟가락을 퍼내는 일
비가 그치길 기다리는
새의 마음으로
저물녘이면
쉰밥 한 봉지 물고
내 아버지가 그랬던 것처럼 비틀거리며

새끼야,

큰소리를 치며

저문 강 건너 집으로 가겠지

꼭꼭 목 메이는 늙은 프레스야

붉은 기름 한 방울 한 방울이 내 마음이다

　　－ 김종필金鍾必, 1965~ 시

　밥을 먹기 위해 어떤 일을 하느냐에 따라 직업을 상징하는 밥의 이름은 다양해진다. 프레스 일을 하는 시인은 쇳밥이고 나는 따지자면 굿밥이다. 출판업을 하는 사람들은 잉크밥이라 하고 군대 생활을 하면 짬밥이다. 운전밥, 기름밥, 기계밥, 보험밥, 영화밥, 방송밥, 공사장밥 등이 이렇게 생긴 말이다. 이 세상에 편한 밥은 절대 없다. 모두가 이리저리 고된 된밥이다.

　인간은 배고프지 않기 위해 일을 하는 숙명을 타고났다. 배고픔은 인간의 생명을 유지하기 위한 최후의 신호이다. 그 서러움은 슬픔 중의 최고였다. 그래서 밥을 보고 눈물을 흘려 본 사람만이 한 끼의 위엄을 안다. 한 끼는 삶의 고단함을 표현하는 가장 절실한 단어였다. 일상에서 성취하기가 쉽지 않고, 그것을 얻는 데 많은 시간과 노력을 투자해야 하는 삶의 지문이었다.

　'끼니' 는 일정한 시간마다 먹는 밥을 말한다. 단순하게 밥이라고 부르는 말과 끼니는 그 절실함에서 상당한 차이를 보인다. 밥은 횟수가 붙지 않지만, 끼니는 횟수가 붙는 절박한 용어였다. 원

래 선조들은 하루 두 끼가 기본 주식이었다. 12세기 초, 송나라 사신 서긍이 글과 그림을 곁들여 고려 풍물에 대해 쓴 『고려도 경高麗圖經』에는 "고려 사람들은 하루에 두 끼를 먹는다"라고 되어있다. 이 습관은 조선 중기까지 계속되었다.

우리는 아침밥, 저녁밥이라고 꼭 밥이라는 말을 붙이지 않아도, 습관적으로 아침, 저녁이라고 하면 때를 가리키는 명사로 식사를 대신했다. 그래서 땟거리라고 하는 말도 역시 밥으로 통용되기도 했다. 사실 우리말에 때를 나타내는 말, 식사를 가리키는 고유어 단어는 아침, 저녁밖에 없다. 사실 점심點心이란 말은 정식 식사가 아니라 간단한 새참을 가리키는 말로, 농업 생산력이 증대한 18세기 이후에 중국에서 들어온 말이었다.

시계라는 개념이 없던 시대에는 해가 뜨면 아침이었고, 해가 지면 저녁이었으니, 구태여 때와 식사를 분리해서 말할 필요가 없었다. '끼'라는 말은 때와 식사를 동시에 지칭하는 말이었다. 그래서 끼의 고어는 'ᄢᅵ'라는 다소 복잡한 글자이다. 이를 살펴보면 밥을 가리키는 'ㅂ'과 때를 뜻하는 'ㅅ'이 같이 들어있음을 알 수 있다.

다음은 '기'를 살펴보자. 기는 고대어 '그'에서 파생된 말로, '그'는 '어둠, 해가 충분하지 않은 상태'를 뜻하는 말이다. 우리말의 그늘, 구름, 해거름, 그림자 등에 그 흔적이 있고, '검다'를 뜻하는 일본어 黑〔쿠로〕, 몽골어 xap카르에 그 흔적이 남아 있다.

구름을 뜻하는 영어의 cloud클라우드, 일본어 雲〔쿠모〕에는 '그' 의 형태가 더 뚜렷하게 남아있다.

한편 구름을 뜻하는 중국어 霄〔히하오〕, 몽골어 '울' 이나, 우리 말 흐림 등은 '크림>흐림' 과 같이 모두 초성 'ㄱ, ㅋ' 이 탈락한 경우이다. 따지고 보면 해가 뜨는 아침이나, 해가 지는 저녁은 해가 충분하지 않은 어둡고 흐린 상태이니, 기, 끼는 '흐릿한 아침 저녁에 먹는 밥' 이라는 뜻이 더욱 분명해진다.

어쩌면 우리는 흐릿한 아침, 저녁에 매일 한 끼, 두 끼 헤아리면서 살아가야 하는 운명의 셈법에 걸린 환자인지도 모른다. 한 끼라는 쳇바퀴를 영원히 돌리다가 사라지는.

진지의 비밀을 풀다

밥을 칭하는 용어 중에서 '진지'라는 말이 있다. 오늘날에는 '식사'라는 말에 밀려 거의 소멸한 말이지만, 진짓상은 단순하게 밥의 높임말이라기보다는 왠지 모를 엄격함이 묻어나는 말이다.

불과 반세기 전만 하더라도 '어느 밥상에 앉느냐', '어떤 밥그릇에 먹느냐'는 그 집안에서 지위와 권위를 상징하는 척도였다. 어른들은 뚜껑이 있는 주발과 수저가 따로 있었고, 밥상도 따로 차려지고, 심지어 쌀과 보리쌀의 비율도 달랐다. 그 진짓상에는 쌀밥과 달걀찜과 그리고 갈치 가운데 토막이 올라 있는 위엄이 느껴지는 밥상이었다. 그리고 '밥'이라는 말은 형제자매나 친구들에게 쓰는 말이지, 손위 어른들께는 항시 "진지 잡수러 오시랍니다"라는 극존칭을 써야 했다.

진지는 1,500여 년 전, 밥을 짓는 초기 형태를 그대로 수용한 말이다. '진+지'의 합성어로 '진'은 뜨거운 김으로 음식을 익히는 행위인 동사 '삐다〉찌다'에서 변이된 말이다. 약밥이나 단술, 떡, 술밥을 만들기 위해서 찹쌀, 멥쌀을 물에 불려 고들고들하게 시루에 찐 밥을 지에밥, 지에라고 하는데, 이 '지'도 같은 의미이다. 그래서 '진'은 '찐'으로 해석할 수 있다.

지의 옛말은 '지싀'이다. 보통 '짓다'라는 말은 각종 재료를 사용하여 하나하나 정성을 들여 만드는 집이나 옷을 칭할 때, 또는 도리를 저버린 죄를 저질렀을 때 특별하게 쓰는 말이다.

지는 명사형으로 '짓기'에서 왔고, '밥을 만든다' 또는 '밥'이라는 뜻을 지니고 있다. 이 지는 함경도, 강원도, 경상도 일원에 밥의 방언으로 살아남아 있다.

> 풍년이면 맨자지요 평년이면 상반지기
> 흉년 지면 꽁보리밥 서숙밥도 귀할래라
> – 양산 〈조왕풀이〉 중에서

이 풀이 중에서 '맨자지'는 지역에 따라 맨재지, 맨자지미로 지칭하기도 하는데, 이 말은 '맨+잦+지'의 합성어이다. 맨자지는 순 쌀밥을 의미한다. '맨'은 '순, 전부, 몽땅'이라는 뜻이고, '잦'은 '자치다〉잦히다'에서 변이된 말로, '잦다'는 '밥이 센 불에 끓으면 불을 줄였다가 다시 불을 약하게 해서 뜸을 들이는 행위'를 말한다.

'상반相半지기'는 지역에 따라 상반밥, 상반, 반자지, 반섞이 등이라고 한다. '쌀과 잡곡을 반씩 섞어서 지은 밥' 이라는 뜻이다. 그래서 이 말은 풍년이 들면 순 쌀밥을 먹고, 평년작이면 쌀 반, 잡곡 반의 혼합 밥을 먹는다는 의미였다.

'진지' 라고 하는 말은 '쪄서 지은 밥' 이라는 우리 고유의 밥 짓기 방식이 숨어 있다. 그리고 이러한 행위는 1,500여 년 전의 벽화로 생생하게 증명하고 있다. 1949년, 황해남도 안악군에서 마치 타임머신을 타고 과거로 여행을 간 듯한 대단한 고분이 발견되었다. 그것은 바로 고구려 초기의 벽화고분 안악 3호분이었다.

이 벽화는 사실주의 입장에서 그린 그림에 사람들의 이름까지 적혀 있었다. 이 기록에 의해, 4세기의 고구려 귀족 대방 태수 '동수' 라는 사람의 석실 고분이란 것을 알 수 있었다.

이 고분벽화는 크게 두 갈래의 석실 그림이 있었다. 한 석실은 동수의 사회적 지위를 알리고 정사를 돌보는 모습들이고, 하나는 생전에 살던 생활상을 사진을 찍은 듯이 그대로 재현한 것들이었다.

서쪽 방은 주인 부부의 혼을 모신 혼전魂殿으로, 양쪽 벽면에 정사를 돌보던 양주의 생전 모습이 다른 사람보다 몇 배나 크게 묘사되어 있다. 그리고 거느리던 관리들의 모습, 하객들의 모습, 용맹함을 과시하는 고구려 호위무사들과 도끼를 든 부월수斧越手, 수박도를 하는 병사들의 모습이 그려져 있었다.

앞방에는 주인이 행차할 때 위엄을 보이기 위하여 늘어선 무악

의장도舞樂儀仗圖와 대방 태수 동수의 묵서墨書가 필사되어 있고, 뒷방에는 양면에 무악도舞樂圖가 있고, 회랑 벽에는 웅장한 대행렬도大行列圖가 그려져 있었다.

특히 동쪽 앞방에는 일상생활 모습을 벽화로 그대로 재현해 놓았다. 벽마다 방앗간, 우물, 부엌, 푸줏간, 차고, 외양간, 마구간이 상세히 묘사되어 있었다. 그 동 벽에 그려진 부엌의 모습에는 식사를 준비하는 여인들의 모습이 생생하게 그려져 있다. 바로 이 그림이 '진지'라는 말의 비밀을 푸는 열쇠가 되었다.

무덤의 주인공이자 벽화의 주인공 동수는 4∼5세기 고구려의 어마어마한 권력과 부의 소유자였다. 그와 아내가 거느린 수많은 가솔들이 그랬고, 그를 찾아온 손님들도 그랬다. 마구간에 두 대의 마차가 있고, 외양간, 방앗간, 우물 등 집안의 부대 시설이 여염집 살림은 아니었다. 특히 부엌의 맞배지붕과 오른쪽 푸줏간에 반찬으로 쓰일 고기가 매달린 모양으로 봐서 틀림없이 최상류층 귀족집이었다.

지붕 위에는 까치가 한 마리가 앉아 있고, 뜰에는 두 마리의 개가 음식 냄새에 동한 듯 어슬렁거리고 있다. 부엌에는 세 명의 여인이 일을 하고 있는데 한 여인은 시루에 밥을 하고 있고, 한 여인은 상 위의 그릇을 정리하고 있다. 또 급이 낮은 듯한 한 여인은 아궁이 앞에서 불을 지피고 있다.

부뚜막 왼쪽에 서서 밥을 하고 있는 여인은 阿婢아비라는 직책

이 붉은 글씨로 머리 위에 쓰여 있는 것을 보면 우두머리인 것이 틀림없다. 이 여인은 부엌의 조리장으로 앞의 두 조수를 거느리며 주인 부부와 손님의 밥을 책임지는 높은 책임자 지위인 것이 확실했다. 이 아비는 양손에 도구를 들고 조리에 몰두하고 있는데, 부뚜막에 얹은 큰 시루에는 쌀밥이 다 되었는지 하얀 김이 연신 피어오르고 있다.

그 당시에 고구려 땅에서 잡곡 하나 섞이지 않은 백미를 먹는다는 것은 흔하지 않은 풍경이다. 조리에 경험이 많은 듯한 아비는 오른손에 주걱, 왼손에 젓가락을 들고 시루에 물을 축이며, 젓가락으로 밥이 익었나 찔러 보며, 상전과 그 손님들이 먹을 많은 양의 밥을 안치고 있다.

그런데 밥을 하는 방식이 특이하다. 부뚜막에 불에 직접 닿는 옹달솥이 걸쳐져 물을 끓이고, 그 위에 시루와 같은 형태의 옹기에 물에 불은 쌀을 안쳐, 증기로 쪄서 밥을 짓고 있다. 철로 만든 솥이 본격적으로 등장하기 전에는 안악 3호분의 부엌 벽화와 같이 쌀을 시루 그릇에 찌는 방식을 썼다. 이와 같은 방법은 오늘날까지 그대로 전해지고 있다.

거대한 쌀의 소비국인 인도나 중국은 한국이나 일본처럼 찰기가 있는 밥을 먹지 않고 쌀을 쪄서 밥을 만드는 법을 쓰고 있다. 일단 솥에다 물을 붓고 한번 끓인다. 이때 찰기를 없애기 위해 그 끓인 물을 버리고 다시 가열해서 쪄서 밥을 짓는 방식이다. 이 방법은 동남아시아 대부분의 나라에서도 사용하고 있다.

안악 3호분의 밥 짓는 여인이 밥을 찐다는 명확한 증거는 오른손의 주걱과 왼손에 든 젓가락이다. 일반적으로 밥을 찌다 보면 시루 하부는 잘 익고, 시루 상부는 설익는데, 그 밥이 잘 익었는지 젓가락으로는 찔러 확인하고, 오른손에 든 주걱으로 시루 상부의 설익은 밥과 하부의 잘 익은 밥을 잘 섞어 주고 있는 모습이다. 그리고 이렇게 쪄서 완성된 밥을 '진지'라고 불렀다.

이렇게 지어진 밥을 하녀가 상전에게 올리며 윗사람을 대하며 쓰는 특별한 말이 "진지 젓수시옵소서"였다. 오늘날 "식사하세요"라는 뜻이다. 그 후 '젓수다'는 왕가에서 쓰는 가장 높임말로 쓰이다가, 15세기에는 보통의 높임말로 '좌시다〉자시다〉잡수다

〉잡수시다'로 정착되었다. 이때 '젓, 잣, 잡'은 '잡다, 집다, 줍다'와 같이 '물건을 취하다'라는 뜻을 지니고 있다.

오늘날에도 쓰는 높임말인 '진지'와 '잡수다'는 2,000여 년이 넘는 역사를 가지고 있었다. 먹을 것 하나도 윗사람을 공경하는 특별한 말로, 자랑스럽고 정체성 있는 우리말이다. 대부분이 어린 시절, 숟가락을 들자마자 어머니께 배운 것이 밥상머리 예절이다. 이는 배고픔이라는 가장 원초적인 본능 앞에서, 인내하는 것을 배우는 고된 수련이었다.

밥상머리 예절은 개인이나 집안의 근본을 가늠하는 척도였으며, 세상을 살아가는 이치였다. 만약 어기면 사정 보지 않는 회초리가 날아들었다. "어른이 밥상 앞에 앉기 전에 먼저 앉지 말라", "먼저 어른께 잘 잡수시라고 인사를 해라", "어른이 먼저 수저를 드신 후에 수저를 들어라", "어른이 식사가 끝날 때까지 속도를 맞추어라" 요즘은 그 마지막 흔적조차 모호한 꿈같은 시절의 이야기다.

"남의 밥에는 가시가 있다"라고 했다. 수라를 젓수든, 진지를 잡수든, 식사를 드시든, 밥을 먹든, 끼니를 때우든 내가 땀 흘려 벌어서, 더운밥 갓 지어서, 김치 걸쳐서 가족들과 찌개 숟가락 부딪히며 먹는 밥이 이 세상 최고의 진지이다.

부정씨의 솥

약 2,000년 전, 로마가 콜로세움을 건축할 당시 우리 민족은 무쇠솥을 개발했다. 시루에 밥을 찌거나 옹솥과 돌솥으로 밥을 해 먹던 시절, 쇠를 녹인 플쇠로 만든 무쇠솥은 오늘날에도 그 방식을 쓸 정도로 혁명적인 기술이었다. 무쇠솥은 한민족에게 최고의 살림 수단이었고, 집안의 최후 재산이었다. 그래서 예부터 전란에 피난을 갈 때도 다른 것은 제쳐 두고, 솥은 꼭 지게에 지고 다닐 정도로 우리네 가정의 중심이었다.

우리나라를 방문한 외국 사신들은 한결같이 '밥을 잘 짓는다'고 예찬하고 있다. 우리 민족의 뛰어난 밥맛 감각은 쌀을 불리고, 물 조절을 하고, 불 조절을 하는 것뿐만 아니라, 상황에 따라 밥을 짓는 도구조차도 참 까다롭게 골랐다.

1936년 이용관이 쓴 『조선무쌍신식요리제법』에서는 밥을 하는 여러 솥의 등급이 매겨져 있다.

"밥을 짓는 그릇은 곱돌솥이 으뜸이요, 오지 탕관이 다음이요, 무쇠솥이 셋째요, 통 노구가 하등이라."

곱돌로 만든 돌솥 밥이 최고이고, 그다음에는 잿물인 오짓물을 발라 만든 작은 뚝배기 밥이고, 그다음이 무쇠솥 밥이고, 그다음이 놋쇠로 만든 작은 솥밥을 꼽았다. 솥은 정鼎, 부釜, 노구鑪口로 나뉜다. 정鼎은 주로 금속으로 만들며 다리가 세 개 달려 있고 솥뚜껑에 꼭지가 붙어 있었다. 부釜는 질그릇의 시루 형태로 다리가 없고 둥글고 큰 가마로 나무로 만든 뚜껑을 덮었다. 노구鑪口는 여행자들이 들고 다니던 이동용 놋쇠 솥이었다.

솥이라는 말은 쇠에서 유래했다. '쇠'는 '힘, 세다, 강력하다, 오래간다, 새것'의 의미를 지니고 있다. 소, 쇠는 힘이 강력한 가축이란 말이고, 소나기는 강력하게 오는 비 쇠나기에서 나온 말이고, 성씨 금金 씨는 강력한 씨족을 뜻한다. 구두쇠는 세게 아끼는 놈이고, 모르쇠는 강력하게 잡아떼는 놈을 말하고, '설을 쇠다'는 새해를 맞이한다는 의미이다. '오래 간다'라는 뜻으로 철원, 김해, 김천 등의 지명을 사용하고, 남자 이름으로 변강쇠, 먹쇠, 밤쇠, 마당쇠, 철수와 같은 계열의 이름을 썼다.

솥도 쌀을 밥으로 전환하는 도구로 '힘, 세다, 강력하다, 오래간다'라는 의미를 지니고 있으며, '쇠〉소이〉솔이〉솥'의 변이를 겪었다. 흔히 불가마에서 쇳물로 만든 무쇠솥을 가마솥이라고 하는데, 여기에 '가마'도 고대어 '감/곰'에서 유래한 말로 힘, 신, 신성을 뜻하고 있다. 일본어 神〔카미〕에 그 증거가 확실하고, 중국어 巫〔구〉우〕, 영어의 shaman갸먼〉샤먼에도 그 흔적이 있다. 또 영어의 큰 솥을 뜻하는 caldron칼드런이나, 화산 꼭대기 분화구를 뜻하는 caldera칼데라에도 '가마'와 같은 음소가 남아 있다.

쇠로 만들어진 솥은 한번 달궈지면 열기가 오래가고 단단한 쌀을 부드러운 밥으로 만드는 신비한 힘이 있어 고대로부터 권력과 힘의 상징으로 여겼다. 그래서 솥은 다리 세 개와 양 귀가 달린 형태로 왕의 덕이나 권위를 나타내고, 하늘에 국태민안과 복을 기원하는 제구로 사용하였다. 특히 전장에서 솥은 군사력과 보급의 상징이었고, 솥을 담당하는 군관이 따로 존재할 정도로 신성한 물건으로 인식하였다.

백성들에게 솥은 부엌을 다스리는 조왕신의 상징물이고, 한솥밥 식구의 표상으로 집안의 안과태평을 지켜주는 신체였다. 새집을 지어 솥을 걸 때도 반드시 손이 없는 길한 일시를 택일해서 설치하는 귀물이었다. 우리가 흔히 쓰는 '살림 차렸다'라는 말은 '솥을 걸었다'와 같은 말로 쓰였다. 이사를 가면, 제일 나중에 솥을 떼고, 새집에 들어서면 제일 먼저 솥을 걸고 밥을 안쳐야 진정한 이사라고 여겼다. 오늘날 이사를 할 때도, 전기밥솥에 밥을 해먹어야 새집에 들어왔다는 것을 의미한다.

이러한 행위는 솥 민속에서 기인했다. 과거에는 시어머니가 만

며느리에게 살림을 넘길 때면 부엌 신인 조왕께 고하고, 반드시 불씨가 담긴 화로, 쌀이 담긴 뒤주 첫대, 그리고 밥하는 솥을 인계했다.

전국의 전설과 지명에는 쌀과 시루와 솥과 관련된 이야기가 많이 전해지고 있다. 쌀바위나 그와 관련한 전설은 전국에 분포해 있고, 내용도 서로 흡사하다. 인간이 노력 없이 얻는 쌀에 대한 욕심을 경계하는 내용이다.

> "어느 절이 있는 산속에 기이한 바위가 있었다. 작은 구멍에서 쌀이 나오는데 그 양이 적었다. 욕심 많은 중이 구멍을 크게 만들려고 망치로 구멍을 넓히자, 피가 나오면서 다시는 쌀이 나오지 않았다. 지금도 그 자리에 붉은 핏자국이 묻어있다."

이런 쌀바위 전설뿐만 아니라 산의 모양이 시루를 엎은 것처럼 생겼다고 시루 증甑 자를 붙여 증산甑山이라는 산 이름도 많다. 그리고 전국에 시루봉은 십여 곳이 넘고 시루, 시르라는 지명도 수두룩하다. 솥이 등장하기 이전의 밥하는 도구인 시루의 오래된 흔적이다.

경남 의령군 정암면에는 특별한 바위가 남강 줄기에 솟아있다. 사람들은 이 바위를 솥바위, 정암鼎巖이라고 부르며, 지금도 기도를 올리며 매우 신성시한다. 이 이름은 마치 바위 모양이 가마솥과 비슷하다고 붙은 이름이다. 이 바위에는 참언처럼 내려오는 전설이 있었다. "솥바위의 다리가 뻗어있는 세 방향으로 20리 내에 큰 부자가 셋이 태어날 것이다"라는 예언이었다. 사람들이 이 솥바위의 예언을 믿는 것은 거짓말처럼 이 바위 20리 안에 굴지의 기업 창업주 3명이 나왔기 때문이다.

이 솥바위의 살아 있는 신비한 전설에서 보듯이 우리 선조들은 쌀과 시루와 솥을 그냥 물건으로 생각하지 않고, 조상과 신을 연결해 주는 성물로 생각하였다.

솥에 대한 최초의 기록은 『삼국사기』「고구려본기」 대무신왕 조에 처음 등장한다. 고구려 3대 대무신왕은 1세기 초기 고구려의 영토 확장에 한몫한 인물이었다.

四年 冬十二月 王出師伐扶餘

4년(서기 21) 겨울 12월, 왕이 군사를 일으켜 부여를 정벌했다.

次沸流水上 望見水涯 若有女人鼎游戲

비류수에 이르렀을 때 물가를 바라보니 여인이 솥을 가지고 유희를 하는 것 같았다.

就見之只有鼎 使之炊 不待火自熱 因得作食 飽一軍

나아가 보니 다만 솥만 있었다. 그것으로 밥을 하니 불을 피우지 않아도 스스로 열을 내어 밥을 지어 군대가 배부르게 먹었다.

忽有一壯夫日 是鼎吾家物也 我妹失之 王今得之 請負以從

홀연히 한 장부가 나타나 말하기를 이 솥은 내 집의 물건입니다. 내 누이가 잃은 것을 왕이 지금 찾았으니 청하오니 이를 지고 따르게 해 주소서.

遂賜姓負鼎氏

드디어 왕이 부정負鼎씨의 성을 하사하였다.

이 기록이 상징하는 것은 대무신왕이 부여를 정벌하기 위해 군사를 일으키자, 비류수의 수신이 신비한 솥鼎을 주어 왕의 정벌을 돕는다는 이야기다. '不待火自熱부대화자열'을 보면 불을 피우지 않아도 스스로 열을 낸다는 것은 숯을 사용해 밥을 짓는다는 것을 암시하고 있다.

숯은 당시에도 고급 화력이었다. 이때 사용한 솥을 '作食飽一軍작식포일군' 이라고 표현한 것을 보면, 일군의 밥을 지을 수 있는 굉장한 크기의 가마솥임을 추측할 수 있다. 예부터 나라에 공훈을 세운 신하에게는 성씨나 이름을 하사하여 그 공훈을 치하했다. 특히 성씨를 하사하는 것은 왕에게 의미 있는 큰 공을 세웠을 때 내리는 은사였다. 출정하는 대무신왕의 군대에 군량미와 숯과 가마솥을 제공한 이 장부도 그 대가로 부정負鼎,솥을 진 사람이란 성씨를 하사받고, 보급 책임자로 왕을 따라나선 것이 확실해진다.

유물로 존재하는 철제 솥은 6세기에 등장한다. 1977년 서울시 광진구 구의동 해발 53m의 태봉 정상에서 의미 있는 고구려유적이 발굴되었다. 그것은 오늘날의 전방초소와 같은 한강의 경계를 따라 형성된 소규모 목책 성곽 보루堡壘였다. 이곳은 해발고도는 낮아도 천혜의 감지 고지로 5세기경, 고구려 장수왕이 남하하여 한수 이북을 점령하고, 한강을 마주하며 맞은편 백제의 몽촌토성과 풍납토성을 경계하기 위해 세운 접경 지역의 초소였다.

그 후 약 100년간 이 지역은 고구려 땅이다 보니, 아차산과 구리 등지에는 당시 고구려의 유물이 많이 출토되었다. 그래서 현재 '구리' 라는 이름도 고구려에서 비롯되었다. 그런데 6세기 중엽, 백제 성왕의 한성 탈환 작전으로 이 땅은 다시 백제의 땅이 되었다. 그때 백제군의 기습작전이 얼마나 순간적이었는지, 보루의 유적은 마치 폼페이의 그것처럼 보루 안의 생활용품, 무기, 수

조, 온돌 등 모든 것이 그대로 보존되어 있었다.

400점이나 되는 유물 중에는 당시 군인들의 생활상을 볼 수 있는 단지, 항아리, 시루, 그릇, 접시, 쇠솥, 쇠옹달솥, 가래, 보습, 쇠스랑, 호미 등과 도끼, 칼, 창, 화살촉 등의 무기류가 있었다. 특히 후퇴할 때 제일 먼저 챙기는 쇠솥이 그대로 아궁이에 온전히 걸린 채로 남아 있어 1,500년 전의 많은 단초를 제공하고 있다.

그뿐만 아니라 2015년, 전북 익산 왕궁리 유적에서는 7세기 백제 무왕 때의 왕궁 부엌 터가 발견되었다. 그곳에서 조리에 쓰이던 아궁이, 항아리와 숫돌, 숯 그리고 아래에 둥근 돌기가 붙은 형태의 쇠솥 2점이 발견되었다.

구의동 보루의 고구려 유물과 왕궁리 유적의 백제 유물을 보면 6~7세기에 들어 점차 쇠스랑, 보습과 같은 철제 농기구가 보급되어 쌀의 생산량이 늘어났음을 알 수 있다. 그리고 철제 솥이 민간이나 병영, 궁중까지 일반화되어 오늘날과 큰 차이가 없는 무쇠솥에 열을 가해서 밥을 짓는 방법을 사용했다는 것을 알 수 있다.

소울푸드 누룽지

우리가 짓는 밥은 솥의 재료가 돌이든 무쇠든 무엇이든 간에, 대체로 열을 세게 가하고 나면 우선 끓어 넘쳤다. 그리고 솥뚜껑을 열지 않고 그대로 두어 열기가 쌀 속으로 속속들이 퍼지게 하는 '뜸'이라는 과정을 꼭 거쳤다. 삼국시대부터 철제 솥의 보급은 밥 짓기에 있어, 일대 혁명을 가져왔다. 그러니까 이때부터 무쇠솥에서 가장 찰지고 고슬고슬한 좋은 밥맛이 나온다는 것을 터득하고, 오늘날 전기밥솥에까지 이 원리를 적용하여 세계 최고의 밥맛을 이어왔다.

17세기 청나라 학자인 장영張英은 그의 문집에서 조선의 밥맛을 면밀하게 분석하며 예찬하고 있다.

> "조선 사람은 밥을 잘 짓는다. 밥에 윤기가 있고 부드럽고 향긋하다. 솥 안의 밥이 고루 익어 기름지다. 밥 짓는 불은 약하게 하고,

물은 적어야 한다는 것이 이치에 맞다. 대충 밥을 짓는다는 것은 하늘이 내려주신 물건을 낭비하는 결과이다."

무쇠솥의 구조는 밑바닥은 돌기까지 만들어져 불이 직접 닿는 솥 바닥 부분이 가장자리보다 훨씬 두꺼웠고, 위로 올라가면서 점점 얇아졌다. 이러한 무쇠솥의 구조는 열을 상하 전체에 알맞게 전달해 주어 밥을 일일이 섞지 않아도 골고루 익게 해주었다. 특히 무거운 솥뚜껑은 솥 안에서 형성된 증기를 밖으로 빠져나가지 않게 잡아 주는 기능을 했다.

"솥뚜껑이 삐딱하면 김이 새어 밥맛이 떨어지고 땔감도 많이 들고, 반은 익고 반은 설익게 된다."
  - 『임원십육지林園十六志, 1835』, 서유구 徐有榘, 1764~1845

아귀가 딱 맞는 솥뚜껑은 전혀 새로운 밥의 부산물을 만들었다. 바로 누룽지였다. 밥이 일차로 일단 끓으면 무거운 솥뚜껑이 들썩거리며 증기가 빠져나가게 된다. 특히 무쇠솥은 두껍고 튼튼하여 열이 쉽게 전도되지 않는데, 일단 열이 오르면 식지 않고 오래갔다. 이러한 뜸을 들이는 과정에서 먼저 솥 아랫부분의 뜨거운 열기가 상승하며 밥알이 물기가 없어지면서, 노릇노릇하게 밥알이 밑바닥에 눌어붙어 누룽지가 생성되었다.

누룽지는 흔히 솥 밑바닥에 눌어 있는 밥을 말한다. '눌은+지'의 합성어로 '눌은'은 '물체의 면에 압축된 상태로 붙어 있는 것'을 뜻하고 '지'는 '밥'을 의미하는 말이다. 이때 누룽지는 맛의 변화 때문에 밥보다 더욱 고소해진다. 이 누룽지는 한 세대 전만 하더라도 무엇과도 바꿀 수 없는 한국인의 소울푸드였다.

하늘천 따따지
가마솥에 누룽지
떡딱 긁어서
훈장님은 한 그릇
나는 두 그릇
– 경남 남해

누룽지는 눌은밥, 눈밥, 누룽갱이, 가마치로 불리며 주로 솥 가운데 눌은 밥을 전복 껍데기나 숟가락으로 긁어 나오는 것으로, 맛이 고소하고 달콤하여 이전에는 아이들의 최고 주전부리였다. 솥 가장자리에 붙은 누룽지는 쌀뜨물을 부어 다시 끓여서 주걱으로 싹싹 밀어 음료로 만들어 먹었는데, 이것을 고려 시대에는 당시 고려말로 '익은 물'이라고 했다.

12세기 초 송나라 서장관 손목孫穆이 쓴 『계림유사鷄林類事』에는 '熟水曰泥根沒'이라 하여 숙수熟水를 '이근몰'이라고 하고 있다.

비슷한 시기 송나라 사신 서긍徐兢은 『고려도경高麗圖經』 「기명器皿」에 고려 귀족들이 익은 물을 병에 넣어 다니며 즐겨 마셨다는 기록이 있다.

"中貯米漿熟水 國官貴人 每令親侍 挈以自隨

속에는 숭늉이나 끓인 물을 넣는다. 나라의 관원과 존귀한 사람
은 언제나 가까이 시중하는 자를 시켜 그것을 들고 따라다니게 한
다."

설 데운 숙랭熟冷에 빈 배 속일 뿐이로다.
생애 이러하다 장부 뜻을 옮길런가
— 「누항사陋巷詞, 1611」, 박인로朴仁老, 1561~1642

익은 물은 그 후 조선 시대에 와서 '끓인 찬물'이라는 뜻의 숙랭熟冷으로 변이했고, 이후 숭늉이라 하였다. 숙랭은 제례를 지낼 때 마지막 헌다獻茶에서 올리는 물을 한자어로 옮긴 말이다. 우리의 제례는 살아있는 사람이 먹는 그것과 똑같이 했다. 그래서 제례의 마지막에 산 사람의 식사 방식과 똑같이 숭늉에 세 숟가락의 밥을 말아 올렸다.

조선 시대부터 익은 물이 유교식의 숙랭으로 정착했다. 양반들은 숙랭熟冷, 반탕飯湯, 취탕炊湯, 숙수熟水로 불렀고 지역에 따라 숙냉, 숭냥, 숭녕, 숭니, 밥과즐, 소둘치 등 다양한 이름으로 불렀다.

라이스 문화권에는 모두 우리처럼 누룽지가 있다. 중국에는 궈바, 일본의 오고게, 베트남의 껌짜이, 태국의 카우땀, 스페인의 소카라트 등이다. 그리고 음식, 과자 등 활용도 면에서는 우리보다 훨씬 다양하다. 하지만 무쇠솥 밑바닥에 탈 등 말 등하게 눌어붙은 우리 누룽지에 비해 순수한 누룽지 맛은 많이 떨어진다.

숭늉은 우리만이 가지고 있는 독특한 식습관이었다. 이 숭늉 문화로 인해 중국과 일본에 널리 퍼진 차 문화가 끼어들 틈이 없었다.

한국인의 식사 풍습의 종결은 항상 뜨끈한 숭늉을 반드시 마셔야 했다. 이 숭늉을 마셔야 "잘 먹었다"라는 말을 했다. 누룽지광이었다는 청나라 강희제가 우리 숭늉을 맛보았다면 "天下 一味"라고 하였을 것이다.

사람이 태어나서 엄마 젖을 떼고 익힌, 맛있는 음식에 대한 경험은 따뜻한 기억과 함께 죽을 때까지 오랫동안 간직하기 마련이다. 내 생애 최고의 음식은 누가 뭐라고 해도 누룽지였다. 지금도 누룽지를 제대로 하는 집을 검색하고, 아내는 누룽지 전용 솥을 사서 따로 만들어 줄 정도이다. 비록 아무리 배가 부르더라도 손이 가는 것이 누룽지였다.

나에게 누룽지는 엄마 젖 이후로, 기억에 존재하는 가장 강렬한 맛이었다. "눈물 젖은 빵을 먹어보지 못한 사람은 인생의 참맛을 알 수 없다"라는 괴테의 말같이, 다섯 살 매웠던 내 인생의 맛이 누룽지에 담겨 있었다.

내가 태어난 시골집은 여염집으로 대청과 부엌 사이에 작은 개다리소반 하나 드나들 수 있는 쪽문이 달려 있었다. 어린 시절, 아침저녁으로 그 쪽문에 매달려 어머니가 전복 껍데기로 누룽지 긁는 소리를 듣는 것은 나의 제일 큰 즐거움이었다. 사실 누룽지가 밥보다 더 좋았다. 그래서 나의 누룽지는 항상 내 몸에 딱 맞는 쪽문, 무지갯빛이 영롱한 전복 껍데기와 쓱쓱 긁는 소리, 오독오독 씹히는 그 인상적인 구수한 향은 엄마의 맛으로 기억되었다.

그런데 세 살 무렵 어느 날, 외갓집에서 낯선 삼촌들이 와서 다른 여자가 어쩌고저쩌고 하면서 아버지를 심하게 다그치더니, 어머니와 함께 읍사무소로 향했다. 23살 어머니는 나를 안고 울고 불고 안 갈 거라고 매달리다가, 사촌 오빠들의 완력에 의해 저녁 무렵에 큰 가방과 함께 외가로 끌려가 버렸다. 나는 세 살 때 듣도 보도 못한 부모의 이혼을 보았다.

두 달 후, 화장을 짙게 한 낯선 여자가 아버지 손을 잡고 젖먹이를 하나 업고 나타났다. 내 동생이고 새엄마라고 했다. 그분은 그날 저녁부터 내 어머니의 부엌을 차지했다. 어른들의 오묘하고 복잡한 세상살이가 뭔지는 몰랐지만, 아버지가 미웠고 새엄마라는 사람의 눈초리가 왠지 무서웠다. 그분은 매일 누룽지를 긁어 내 코앞에 대고 "옴마라고 한 번 부르모 누룽지 주지"라면서 나를 달래고 꼬셨다. 하지만 나는 그분이 농사일을 하기 싫어 다시 도망을 가기까지 삼 년 동안, 한 번도 "옴마"라는 소리를 하지 않았다. 그 대신 이웃 아지매들이 몰래 쥐어 주는 누룽지로 서러운 서모살이 배를 채웠다. 나의 누룽지는 다섯 살 내 인생의 화두가 되었다.

몇 년 전, 어머니의 유품을 정리하다가 나온 사진 하나에 그 누룽지 기억이 되살아났다. 그때까지 내 유일한 유년의 사진이었던 백일 사진 뒤에 또박또박 퍼런 잉크펜으로 쓴 희미한 글씨가 보였다.

"보고픈 준호 김준호"

세 살배기 새끼를 두고 떠나야 했던 23살 어머니의 통한이 느껴져서 눈물이 주르륵 흘렀다.

스무 살의 어머니

스무 살의 어머니도 꽃같이 아름다웠다

동백 아가씨 구성진 목소리로 하얀 카라 교복의 부러움을 묻고

옛날의 그 길 따라간 아씨를 그리며 식모살이 오 년을 살고

도기 공장에서 잘린 엄지를 숨기고 옛날 그 아씨같이 서러운 가마를 타고 스무 살에 내 어머니가 되었다

스무 살이 된 딸에게서
어머니의 스무 살을 본다

아 스무 살의 어머니도 꽃같이 아름다웠다

참 먹는 즐거움

밥은 볍씨가 이 땅에서 일만 오천 년 동안 씻나락, 모, 벼, 나락, 우케, 쌀, 밥, 메, 끼, 진지, 누룽지의 긴 여정을 통해 이룩한 뚜렷한 역사의 흔적이었다. 입에 밥이 들어가는 일 중에 쉬운 일이 어디 있겠냐마는 농업이 주업이던 시절, 농사일은 참 육체적으로 고된 노동의 연속이었다.

보통 두레꾼들은 첫닭 울음소리에 일어나 먼동이 터서 자기 집에서 아침밥을 먹고 일터로 나섰다. 그리고 그날 두레에서 배당한 논에서 일하면, 그 논 주인이 점심참을 내는 것이 상식이었다. 서로 알만한 사이지만 일꾼들 대접한다고 내는 참은 고기 맛도 볼 만큼 그 차림새가 푸짐하고, 막걸리도 한 잔 걸칠 수 있어 언제나 기다리는 시간이었다.

그리고 오후 3시쯤에 간단한 술떡이나 빵으로 간식을 때웠다. 이를 중화참, 중참이라 했다. 그리고 일을 마치고 저녁은 보통 자

기 집에서 해결하는 것이 원칙이었다. 이런 바쁜 농사일에 큰 즐
거움은 참을 먹는 시간이었다.

> 점심챔이 되었는데 점심참이 되었는데
> 더디다 더디다 와이리 더디노
> 바가치 죽반에 세니라고 더디나
> 숟가락 단반에 세니라고 더디나
> – 경남 사천

원래 참站이라는 말은 몽골제국 원나라에서 전래한 말이다. 우리가 자주 쓰는 "한참 남았다, 저녁 참에 보자" 등에 살아있는 말이다. 13세기 몽골제국은 중국 본토를 중심으로 동아시아, 유럽을 잇는 거대한 땅을 차지했다. 그들은 속령을 다스리기 위해 도로망을 구축했는데, 파견되는 관리나 사신이 여행할 때 숙식을 제공받고 말을 공급하기 위해 25리마다 하나씩 설치한 관원용 숙소를 참站이라 했다. 이것이 전래되어 일을 하다가 먹는 간식도 참이라는 말로 정착하였다. 밥을 일컫는 참이 이렇게 탄생했다.

어른들은 그래도 참 시간이 있어 허기를 때우지만, 아이들은 아침저녁 두 끼 외에는 끼니를 해결하는 것이 참 큰일이었다. 우리는 매일매일 배가 고팠다.

꼴을 베러 가는 정도면 알아서 점심을 해결해야 했다. 그래서 우리는 밀 서리, 콩 서리, 수박 서리, 감자 서리, 고구마 서리, 무 서리 대장이었고, 나중에는 닭 서리도 눈 딱 감고 하는 수준이 되었다. 배고픔은 항상 도덕, 인격, 이데올로기, 법의 위에 있었다.

밥이 삶의 전부이던 시절이었다. 군것질이니 간식이니 하는 것은 생각도 못했다. 소를 먹이러 가거나 산에 나무를 하러 가면, 그래도 밥값은 한다고 어머니가 사카린을 넣어 볶은 콩과 보리나 미숫가루, 감자, 고구마, 빼때기 등 주전부리를 챙겨 주었다. 그 중에 최고의 간식은 누가 뭐라고 해도 누룽지였다.

그 보릿고개 너머

꽁보리밥, 보리죽, 보리개떡, 보릿자루 등의 표현에서
보듯이 보리는 가난과 기아와 차별의 상징이었다. 특히
'보릿고개'라는 말은 겪어 본 사람이라면 진절머리를
치는, 죽음과도 연결되는 지독한 배고픔의 쓰라린 추억
이었다.

지독한 보릿고개

　지금은 사시사철 쌀을 고집하지 않더라도 먹을거리도 다양하고 그 재료의 종류도 많지만, 수십 년 전만 하더라도 주식으로 쌀과 보리 두 종류만 있던 시절이 있었다.

　어머니는 지독하게 보리밥을 싫어하셨다. 시집가기 전까지 친정에서 질리도록 보리밥만 먹었던 아픈 추억이 있어서 보리밥이라면 넌덜머리를 내셨다. 노래를 좋아하셔서 암 말기 병실에서 가수 진성 씨와 처음이자 마지막 통화까지 하신 어머니는 줄곧 '안동역'만 불렀지, "아야 뛰지 마라. 배 꺼질라"라는 보릿고개 노래는 목이 메 못 부르겠다고 절대 부르지 않으셨다.

　좁은 국토와 계급과 가난과 대가족은 오랫동안 겪어온 이 땅의 숙명이었다. 그래서 봄이면 볍씨를 뿌려 가을에 나락을 거두고, 그 땅을 급히 갈아 보리 씨를 뿌리고, 초여름에 거두는 이모작의 바쁜 일정에 "눈썹에 불이 붙어도 끌 새가 없다"라는 말까지 생겼다. 그렇게 부지런하게 움직여도 늦봄부터 초여름까지 쌀은 떨어지고, 보리의 수확을 한참 기다려야 하는 춘궁기가 어김없이 찾아왔다.

꽁보리밥, 보리죽, 보리개떡, 보릿자루 등의 표현에서 보듯이 보리는 가난과 기아와 차별의 상징이었다. 특히 '보릿고개' 라는 말은 겪어 본 사람이라면 진절머리를 치는, 죽음과도 연결되는 지독한 배고픔의 쓰라린 추억이었다.

춘궁기春窮期인 음력 4~5월을 보릿고개라 했다. 곡간에 곡식은 다 떨어지고, 햇보리는 아직 여물지 않아 먹을 수 없는 간극이 애매한 시기를 말한다. 얼마나 지긋지긋했으면 '고개' 라고 했을까. 참으로 넘어도 넘어도 언제든지 이맘때면 저 앞에 떡 버티고 있는 죽음의 보릿고개는 배고픔의 한숨고개요, 기진맥진 허기진 고개요, 인간을 참으로 치사하게 만드는 눈물고개였다.

오죽했으면 "보릿고개가 태산보다 높다"라고 했을까. 고개라는 표현에서 알 수 있듯이 굶기를 밥 먹듯이 하면서 초근목피로 연명을 하다가 고개를 넘기면 살 수 있고, 넘기지 못하면 죽는 그런 시기였다.

어머니는 춘궁기에 시름시름 앓다가 간 아홉 살짜리 동생 이야기를 자주 하셨다. 그리고 할무니는 봄만 되면 왜정시대의 보릿고개 말씀을 자주 하시며 치를 떨었다.

"나라 잃은 백성이 오데다 하소연을 하겠노. 무자비한 왜놈들이
공출이라 캐갔고 농사지은 거 다 빼앗아 가고, 배급표를 주는 기
라. 그것 갖고 보리쌀, 콩깻묵, 밀가리, 옥수수를 타 묵었지. 참말로
지긋지긋한 세월이었제."

실제로 귀신보다 더 겁나고 범보다 더 무서운 보릿고개가 코앞에 닿으면 동네에서는 "보릿고개에 죽는다"라는 말과 같이 서글픈 초상이 줄을 이었다. 밥 짓는 연기가 끊기고, 배가 고파 우는 아이들의 울음소리만 깔렸다. 특히 홀로 사는 외딴집 어른들은 북풍 찬바람 겨울을 잘 넘기시더니 아지랑이 피어오르는 춘사월에 하룻밤에 불귀객이 되었다. 그것도 평소에 앓아 오던 해수병이 원인이 아니고, 몇 날 며칠을 굶다 못해 영양실조로 돌아가셔서 이웃들이 가슴을 쥐어뜯게 했다. 온 동네는 기가 막혀 쥐 죽은 듯이 고요하고, 거적때기로 초라한 초상을 치른 마을 구장은 그 책임으로 구장 자리를 내던졌다.

배고픔의 고통은 사람의 눈빛을 퀭하게 만들었다. 다리에 힘이 조금이라도 있는 사람들은 살가죽이 누렇게 부은 얼굴로, 먹을 것을 구하러 들로 산으로 송기와 나물을 찾아 나섰다.

먹어서 죽지 않는다 싶으면 무조건 입에 넣어 일단은 그 무서운 배고픔의 고통을 잠재웠다. 냉이, 달래, 쑥, 머위, 곰취 같은 나물과 송기 등을 뜯어다가 한 줌의 보리, 밀기울, 콩깻묵을 넣어 죽을 끓여 먹었다.

한참 먹어대는 아이들은 더했다. 아침에 허연 나물죽을 먹고 나선 동네 아이들은 배고픔을 이기기 위해 냇가에 가서 가재나 참게를 잡기도 하고, 주위에 핀 버들강아지를 따먹고, 산으로 올라 지천으로 핀 진달래꽃, 찔레순을 따 먹었다.

그러나 장이 튼튼한 어른들은 그렇다 치고 나물죽과 송피죽과 칡뿌리와 진달래 꽃잎으로 연명하던 어린 것들은, 부황으로 퉁퉁 부은 몸으로 송피죽을 꿱꿱 토해내며 눈을 허옇게 돌려 하루아침에 저세상으로 가기도 했다. 물에다 간장을 타서 허기를 채우던 아이 어미는 퀭한 두 눈에 마른 눈물로 꺼이꺼이 목을 놓아 울고 있고, 아비는 중천에 떠 있는 해를 멍하니 쳐다보고 넋을 놓았다.

처지가 오십보백보인 동네 사람들은 난감한 듯 항아리를 가져와 포대기에 싼 어린 시신을 독에 넣고 뚜껑을 닫아 '애장'을 했다. 굶주린 여우가 행여나 시신을 해하지 않을까 하는 염려에서 독의 뚜껑 위에는 무거운 돌을 얹어 진달래 꽃잎이 흐드러지게 피어있는 앞산 애총 묘지에 묻었다. 어린것의 죽음이라 삼일장도 없고 상여도 없었다. 지게 뒤를 따라붙는 어미를 떼어놓는 동네 사람들은 모두 목을 놓아 울음을 쏟아내었다.

불과 60년 전까지 우리네 부모님들이 직접 겪은 보릿고개 이야기이다.

엄마엄마 나죽거든 양지쪽에 묻어주오
뒷산에다 묻지말고 앞산에다 묻어주오
비가오면 덮어주고 눈이오면 쓸어주오
내친구가 찾아오면 학교갔다 전해주오
– 전래동요

보릿고개와 북간도

나라가 없는 백성은 내 땅에서 내가 농사지은 것을 다 빼앗기고, 흉악한 보릿고개를 겪어야 했다. 그래서 왜놈의 등쌀이 덜한 곳으로 땅을 찾아 이주를 감행했다.

일제는 1931년 만주 침략 이후, 1932년 청국의 마지막 황제 푸이를 내세운 일본의 괴뢰정권인 만주국을 세우고 신경을 수도로 삼았다. 만주에서의 식민 통치를 기본적으로 확립하기 위해 '안전 농촌의 건립'이라는 이름으로 조선 농촌에 적극적인 정책 이민을 권장했다. 토지가 없이 파산한 조선의 농민들은 식민지 농업정책과 일본의 수탈에 시달리다 절대적 빈곤층으로 전락한 상태여서 선택의 여지가 없었다.

이도 저도 안 되는 사람들은 그래도 만주에 가면 소작이라도 지을 수가 있고, 소출의 절반은 가질 수 있다는 말에 이판사판의 심정으로 대대로 살아온 고향을 떠나 가족을 이끌고 만주로 이주

했다. 때마침 "만주에 가면 전부 부자가 된다더라", "만주 가면 감자가 목침만 하다더라", "만주 가면 일확천금을 벌 수 있다"라는 말들이 떠돌아 동양의 엘도라도로 급부상하였다. 조선뿐만 아니라 중국, 일본의 금의환향을 바라는 가난한 사람들과 새로운 세상을 갈망하는 지식층들이 대거 만주로 유입되어, 더욱 기회의 땅 만주로 생계를 위한 집단 이주를 유도하였다. 당시 일본과 만주 전역에 철도를 건설하여, 부산역에서 출발한 기차가 대구, 대전, 경성, 개성, 평양, 신의주, 봉천, 대련, 신경, 하얼빈까지 운행했다. 1934년경부터 경북 지역의 역마다 살길이 막막한 농민들이 수십 가구씩 집단으로 새로운 신세계를 찾아 이삿짐을 울러메고 고향 산천을 등지고 멀리 만주로 떠났다.

> "**400여 만주 이주 동포 상주역 무사 출발 역마다 눈물로 전송**
>
> 전고미증유의 대수해로 인하여 생도를 잃고 앞으로 살길이 막연한 자 다수가 만주 이민을 지원하여, 2일 상주역을 출발하여 목적지인 만주국 영구농장으로 간다 함은 귀 보와 같거니와 예정과 같이 2일에는 조철회사로부터 임시열차를 출발하여 오전 10시경에 풍산역에서 이주민 30호 180명을 싣고 눈물의 열차는 출발하여, 오후 1시경에 예천에 이르러 25호 113명을 태우고 상주에 도착하여, 상주 이주민 23호 124명, 합계 73호 417명을 실은 무거운 기차는 역마다 눈물의 송별을 받고 상주역에 집합되어, 오후 4시 28분 멀고 먼 만주국을 향하여 무거운 수레바퀴 움직이기 시작하였다."
>
> – 매일신보 1934년 11월 7일 자

각 역전에는 이같이 일가친지들이 몰려와서 이별의 눈물을 흘리는데, 차마 못 볼 풍경이라고 당시 신문들은 회상하고 있다. 그렇게 도착한 만주는 만만한 곳이 아니었다. 집단 이주민들은 만선척식주식회사에서 임대하는 집과 농토를 받았는데, 한마디로 형편없는 상태였다. 토질은 척박하고, 겨울 날씨는 상상도 못 하는 추위가 엄습했다. 거기에 일본인들의 핍박과 중국인들의 멸시, 지주들의 행패로 삶은 고단함의 연속이었다.

이주민들은 고향을 잊지 않기 위해 고향 사람들끼리 집단 거주를 하였는데, 경기촌, 충청도 마을, 경상도 마을, 가평 마을 등과 같이 고향의 이름을 붙였다.

함경도 평안도 이주자들은 구한말부터 이주한 사람들로 연변은 주로 함경도 사람들이 자리를 잡았고, 봉천은 평안도 사람들이 자리를 잡고 있었다. 30년대 후반에 뒤늦게 합류한 경상도 사람들은 만주에서도 길림, 장춘, 하얼빈, 내몽고까지 올라가 북쪽에 자리를 잡았다. 1940년 당시 만주에 거주하는 일본인이 80만 명일 때, 조선인 이주민은 200만 명에 달하고 있었다.

그들은 이 땅이 우리 조상들이 원래 살았던 고토라는 생각을 자긍심으로 삼고, 보릿고개의 한을 풀기 위해 악착스럽게 땅을 개간하고 수로를 개척하여 농토를 늘려나갔다. 그리고 간도를 나라 잃은 조선인의 근거지로 삼아 학교와 교회를 세우고, 민족교육인 역사와 우리글, 우리말을 가르치고, 근대교육인 과학, 기술을 가르쳤다. 교육 목표는 국권과 주권을 상실한 조국의 독립이었다. 그들은 학교와 교회를 세우고 독립운동 본부로 삼아 은밀하게 독립군을 양성하고 지원했다.

아리랑 아리랑 아라리요 아리랑 고개를 넘어간다

괴나리봇짐을 울러매고 백두산 고개를 넘어간다
쓰라린 가슴을 부여안고 만주라 천리로 넘어간다
아부지 어무니 어서와요 북간도 벌판이 좋답디다
문전옥답을 다 빼앗기고 만주땅 신세가 웬말인가
　－〈상주 아리랑〉

이 노래는 당시 동양척식회사의 만행 때문에 농업 이민 배당자로 무조건 선정되어 농토를 빼앗기고 막무가내로 이민을 하는 상주 농민들의 눈물과 한이 서린 노래이다. 가사 하나하나에 조선인 이주자들의 비극적인 사연이 그대로 담겨, 만주 조선인 전체에 사회적 공감을 일으키며 가사나 곡이 약간씩 변이되어 여러 형태로 널리 불렸다. 해방 이후, 1950년대 명창 김소희(1917~1995) 선생이 가사에 곡을 다듬어 이 노래를 불러 대중적으로 널리 알렸다.

이 노래의 원곡은 '정든 님 아리랑' 이라는 제목으로 조선일보 1934년 3월 24일 자에 기록되어 있다. 이웃 '문경 아리랑' 이나 '동래 아리랑' 과 비슷한 방식으로 불렀다.

아리랑 아리랑 아라리요
아리랑 고개를 넘어간다

꿀보담 더 단 건 님과 속삭임이요
쓸개보담 더 쓴 건 님과 이별이라

서울사람 주머니엔 전당표 가득
송도사람 지전에 지전이 가득

엄혹한 시대에 아리랑의 가사가 시대적 거울로 변이하는 것은 어쩔 수가 없었다. '정든 님 아리랑' 의 가사 뒤에 상주 지역 이주민들의 한이 서린 내용의 가사가 첨가되어 제목도 타국에서도 고향을 잊지 말자는 뜻으로 '상주 아리랑'이 되었다.

상주는 경상도에도 그 이름이 들어가는 큰 고을로 과거에는 사벌국이 존재했고, 조선 시대에는 경상감영이 있을 정도로 내륙의 중심 도시였다. 예부터 낙동강 수계를 따라 유통의 중심지로 온갖 물산이 넘나드는 풍요한 고장이었고, 웅장한 산과 큰 강을 끼고 있어 농토가 넓어 쌀이 많이 생산되고, 곶감, 양잠이 성해 유명했다. 이러한 농사짓기에 알맞은 농토는 수탈의 일 번 표적이 되었고, 농토를 빼앗기고 북간도행 열차를 타기 위해 넘던 아리랑 고개는 지금도 실제로 상주시 북천로에 존재하고 있다. 보릿고개와 북간도 땅의 디아스포라와 상주 아리랑의 슬픈 역사이다.

보리가 나도록 씨동무

보리는 성경에도 등장하고 불경에도 등장할 정도로 오랜 시간 동안 쌀, 밀, 옥수수, 콩과 함께 인류를 먹여 살리는 5대 곡물 중의 하나이다. 높이는 1m 정도로 자라고, 줄기 속은 비어 있고, 마디가 연결되어 끝에 이삭 낱알이 잡히는 곡물이다.

보통 늦가을에 파종하고 겨울을 푸르게 넘기고, 다음 해 초여름에 수확하며, 그 자리에 바로 모를 심어 벼로 이어지는 이모작을 가능하게 한다. 신석기 시대부터 서늘하고 건조하고 척박한 땅에서도 잘 자라는 특성으로 인해, 중동을 거점으로 쌀과 밀보다 먼저 세계 곳곳으로 전파되었다.

우리나라의 보리에 대한 최초의 기록은 『삼국유사三國遺事』의 「동명왕편」에 나온다. 주몽이 부여에서 탈출하여 남하할 때 유화부인柳花夫人이 오곡五穀 종자를 가지고 가라고 싸주었는데, 이별하는 슬픔에 보리씨麥子를 빠뜨렸다. 유화부인이 사자인 비둘기를 시켜 주몽朱蒙에게 보리씨를 보내주었다는 내용이 서술되어 있다. 북방 고구려에서 보리의 중요성을 가늠해 볼 수 있는 대목이다. 한반도에서는 경기도 여주 흔암리 유적에서 발굴한 BC 10세기경의 탄화 보리를 보아 보리가 재배된 시기도 그쯤으로 추정할 수 있다.

우리말 '보리'는 식물이 자라는 '피다'에서 줄기를 뜻하는 '발/볼'을 거쳐 '볼〉보리'로 변이한 후 중세부터 지금까지 '보리'라고 칭하고 있다. 밀의 영어 wheat윗과 밀가루 공장 mill밀과 같이, 보리의 영어도 barle발리로 흥미롭게도 고대음을 온전한 형태로 간직하고 있다. 세계 여러 곳에서 '보리/바리'라는 말이 쓰이고 있고, 한자어로는 대맥大麥, 중국어로 '다마이', 일본어 '오우머기'라 하여 소맥인 밀이라는 말에 더 가깝다.

고구려 북부나 부여 등지는 벼농사의 한계선을 넘는 지역이 많아 목축이 성행했고, 신라도 백제도 수리시설이 부족하고 농업기술이 발달하지 않아 주 곡물은 대개 보리와 기장, 조, 콩이었다. 그나마 조금 생산되는 쌀은 주로 귀족들의 주식이었다.

7세기에 접어들어 신라가 삼국을 통일하면서, 벼농사가 정착되어 쌀의 생산이 증가하자 보리는 제2의 작물로 위치가 전환되었다. 이유는 의외로 간단했다. 보리밥은 쌀밥보다 많이 퍼지지 않아, 찰기가 없고 퍽퍽하고 단단해서 식감이 훨씬 거칠고 맛이 없었다. 거기에다 "죽은 시어미도 보리방아 찧을 때는 생각난다"

라는 말과 같이 도정 과정부터가 껍질만 벗겨내면 되는 쌀에 비해 몇 배나 힘들고 까다로웠다.

보리밥을 짓는 과정도 그랬다. 보리를 오랫동안 물에 불려야 하고, 한 번 삶아서 퍼낸 다음, 퍼지게 두었다가 다시 가열하는 번거로움이 있었다. 그러나 비록 딱딱하고 쌀보다 맛이 없는 보리라도 함부로 내칠 수 없는 곡물이었다. 혹독한 한반도의 겨울에 푸른 싹을 지켜내는 곡물은 보리 외에는 없었다.

보리의 생명력은 대단했다. 만물이 시베리아 북풍에 움츠러들었을망정 보리는 홀로 푸르렀다. 심지어 눈이 덮어도 얼어 죽지 않고 키가 웃자랐다. 단지 보리밭이 얼어서 서릿발로 땅이 부풀어 오르기 때문에, 그 웃자람을 막기 위해 겨울에 꼭 하는 일이 뿌리가 땅에 닿도록 하는 '보리밟기'였다.

보리밟기는 겨울에 사람들이 보리밭에 죽 일렬로 늘어서서 보리밭을 밟는 농경 행위를 일컫는 말이다. 평소에는 농작물을 밟으면 혼이 나는 개구쟁이들은 특히 이날만큼은 신이 나서 친구들과 어깨동무하고 보리밭을 신나게 밟으며 노래를 불렀다.

동무 동무 씨동무 보리가 나도록 씨동무
어깨동무 씨동무 보리밭에 씨동무

동무 동무 씨동무 보리가 나도록 씨동무
어깨동무 씨동무 미나리밭에 앉았네
– 전래동요

우리나라 전역에서 불린 이 노래는 지역에 따라 변형된 가사로 불리기도 하고, 보리밟기뿐만 아니라 여러 아동 놀이의 단골 동요였다.

　　우리가 어린 시절에는 《어깨동무》라는 어린이 잡지도 있었고, 길동무, 말동무, 글동무, 씨동무, 소꿉동무 등 다정한 벗을 가리키는 동무라는 단어를 거리낌 없이 썼다. 그런데 어느 날부터인가 '동무'란 써서는 안 되는 금지어가 되었다. 그리고 일부러 피한 색이 붉은색이었다. 말이나 색이 무슨 죄가 있는 것도 아니지만 모진 이데올로기의 대립으로 생긴 일이었다.

　　붉은색은 붉은 악마 열풍으로 인해 다시 소생했지만, 동무라는 말은 친구親舊라는 한자어에 자리를 완전히 빼앗겼다. 씨동무란 씨고구마. 씨감자, 씻나락, 씨간장과 같이 '종자로 쓰이는 가장 좋은 씨'를 뜻하는 말이다. 즉 앞으로 계속 함께하는 소중한 동무라는 뜻이다.

　　이 노래에 등장하는 '보리'나 '미나리'는 겨울을 뚫고 푸르름을 지키는 강인한 생명력을 상징한다. 이것은 보리나 미나리가 한겨울에도 튼튼하게 자라듯이 우리도 그렇게 살자는 의미를 담고 있다.

상놈과 보리밥

우리가 사는 땅덩어리는 기후와 환경의 차이로 그 지역에 맞는 곡물들이 있었다. 북반부의 한랭한 기후는 밀이 알맞은 곡물이요, 남반부의 아열대 기후에는 벼가 알맞은 곡물이었다. 그런데 온대도 아니고 한대도 아닌 기후풍토에는 보리가 딱 알맞은 곡물임이 틀림없었다.

그저 씨를 뿌리고 거두기만 하면 되는 수월한 농사였다. 그냥 가을에 벼를 베어낸 논에 대충 거름을 하여 씨를 뿌리고, 겨울에 웃자라면 한두 번 밟아주고, 지심만 이따금 매어주면 쉽게 수확할 수 있는 작물이 바로 보리였다. 그러나 식감이 거친 보리는 동서양을 막론하고 꿩 대신 닭이라는 식의 쌀이나 밀의 대체 작물이었다.

대략 BC 4,500년쯤 인류의 가장 오래된 문명인 수메르Sumer는 메소포타미아 남쪽인 오늘날의 이라크 남부 지역에서 탄생했다.

그들이 남긴 쐐기 문자에 제례에서 통과의례를 치르는 묘약으로 맥주麥酒인 카쉬kash가 처음 등장한다. 보리가 오늘날같이 그 당시에 술의 재료로 쓰인 것은 확실했다.

서양에서도 밀과 비교하면 보리는 물 흡수력이 떨어져 질감이 떨어지는 딱딱한 빵의 재료로 밀보다 찬밥 신세였다. 성경에 보리가 자주 언급되지만, 이스라엘 백성을 상징하는 가난한 자의 대명사로 등장한다. 성경의 빵 다섯 개와 물고기 두 마리를 가지고 일으키는 기적도 보리 빵의 일종이었다.

인간의 입은 간사했다. 우리도 기름지고 맛있는 옥식玉食, 쌀의 등장으로 보리는 이인자 자리로 물러났다. 그래도 지위는 기장, 조, 콩 등의 잡곡과는 완전히 다른 쌀 다음의 제2 주식이었다.

기장, 조, 콩이 지리적 조건이 척박한 곳의 밭작물로 자리를 잡았다면, 보리는 비록 겨울이라도 벼를 베어낸 논을 차지하는 논작물이었다. 즉 논밭을 따지지 않는 무난한 곡물이었다.

사실 보리는 그 고달픈 보릿고개의 끄트머리에서 햇보리를 선사하여 배고픔을 면하게 해 준 고마운 곡물이었다. 그렇게 험한 보릿고개를 넘어서 만나는 햇보리가 얼마나 반가웠으면 "보리를 베면서 가라면 하루에 갈 길을, 평지에서 가라면 닷새도 더 걸린다"라는 속담이 생겼을까.

아무리 보리방아가 힘들고, 보리밥 짓기가 까다롭고, 입 안에서 데굴데굴 굴러다니는 그저 그런 맛없는 꽁보리밥이라도, 고픈 배를 채우는 한 끼가 되는 가난한 자들의 소중한 식량이었다.

들판에 아무렇게나 퍼지고 앉아 시장이 반찬이라고, 점심참으로 바가지에 보리밥을 퍼 담아 금방 캔 배추랑 상추랑 쌈을 싸 먹어도 맛나고, 찬물에 보리밥을 말아 풋고추를 된장에 쿡 찍어 먹어도 꿀맛이었다.

그러나 "양반은 트림하고 상놈은 방귀 뀐다"와 같이 조선의 성리학은 철저하게 '쌀은 양반, 보리는 상놈'이라는 식의 계급을 설정하였다.

상놈이 조선 사회에서 하층계급으로 쌍것이라고 천대를 받았듯이, 보리도 수확량이 형편없고, 밥맛도 떨어지고 먹어도 배가 금방 꺼지는 궁핍한 상민들의 주식이라고 상놈과 같이 천덕꾸러기 신세가 되었다. 이런 연유로 풍토 곡식인 보리는 먹을거리 인식체계에서 쌀 다음을 차지하는, 억울하고 애먼 부정적인 이미지를 덮어쓴 희생의 곡물이 되었다.

보리는 가을에 엄연하게 논에 심는데도 그 이름을 보리논이라 하지 않고 보리밭이라고 부르는 것 자체부터가 억울했다. 그리고 보리라는 고유명사가 있는데도 쌀의 보조식품이요, 쌀이 대신인 것 같은 이미지인 '보리쌀'이라고 했으며, 그것도 경상도 지역에서는 '보쌀'이라고 불렀다.

어헤야 어헤야 어절시고 어헤야

잘도한다 어헤야 낱보리보고 어헤야

핫바지야 어헤야 끝바지야 어헤야

신농씨 어헤야 가는밭에 어헤야

후직이 어헤야 뿌린종자 어헤야

보리가되고 어헤야 쌀이되고 어헤야

만백성이 어헤야 먹고사니 어헤야

천하지대본은 어헤야 농사로다 어헤야

– 김소만, 부산 명지

부정한 방법으로 곡식을 바쳐 벼슬을 얻은 벼슬아치를 보리동지라 하였고, 남의 약점을 이용한 공갈범은 보리밭 파수꾼, 무자비한 매질은 보리타작이라 하였다. 멍청하게 우두커니 앉아 자신의 의중을 밝히지 않는 사람을 보고 '꿔다 놓은 보릿자루 같다'고 했으며, 뭘 모르는 어리숙한 사람은 숙맥菽麥, 또는 보리범벅이라 했고, 격식 없이 아무 데나 노는 웃은 보리웃이라 불렀다. 사람들에게 소외당하고 외면당하는 사람을 보리알 신세라고 하였고, 성미가 까탈스럽고, 대인 관계가 원만하지 못한 사람은 보리 까시랭이, 보리 까끄래기라고 불렀다.

여기까지도 서러운데, 보리는 성적 차별까지 받았다. 쌀과 보리는 그 모양새가 남녀의 성징과 비슷해서 과거에는 쌀은 남성, 보리는 여성이라는 상징으로 통용되기도 했다. 과거에 산모가 진통 끝에 아기를 낳으면, 시어머니가 대청에 앉아 산파에게 "고추냐 보리냐?"라고 묻는데, 보리라는 말을 들으면 딸을 낳았다는 소리였다.

우리의 오곡 중에서 가장 서러움을 받으며 처절한 슬픔의 한 맺힘이 묻어나는 곡식이 바로 보리가 아닐까 싶다.

보리밭 노고지리

봄이 되면 만물이 소생하여 꽃대를 앞다투어 올렸다. 혹독한 추위를 이겨낸 보리도 줄기를 쑥쑥 올리며 하루가 다르게 커 갔다. 다른 식물들은 호들갑을 떨며 부활하지만, 보리는 그냥 의젓하게 지켜 온 푸른 줄기 그대로 키만 올렸다. 그렇게 보릿대가 올라올 즈음이면 청보리 싱그러운 풋내가 온 들판에 가득했고, 듬성듬성 질척한 나락과는 다른 너른 초록 세상이 펼쳐졌다.

어린 시절 학교 가는 십 리 길 벌판은 온통 보리밭이었다. 좁은 농로를 걸어가면 온통 푸르름으로 물든 보리밭이 봄바람에 너울너울 춤을 추며 우리를 따라왔다. 양팔을 벌려 청보리를 쓰다듬으면, 고개를 빳빳하게 치켜든 보리 이삭의 야들야들한 까시라기가 손등을 간질이는 감촉이 그렇게 좋았다.

보리 까시라기는 보리 알맹이의 긴 수염을 말한다. 청보리 때는 그렇게 부드럽다가, 보리 누름이 되면 낟알을 지킨답시고 날을 침같이 세워 까칠한 까끄라기가 되어 살갗을 할퀴는 얄미운 놈이었다.

십 리 길 청보리밭은 온통 우리의 놀이터였다. 보릿대를 쭉 뽑아 적당한 크기로 잘라, 끝을 입술로 눌러 온종일 보리피리를 불기도 하고, 보리밭을 뒤져 종달새알이나 꿩알을 주우러 다녔다.

보리밭에는 드문드문 이삭에 깜부기가 있어 새까만 분이 잔뜩 붙어 있었다. 이것은 보리 이삭의 병으로 전염성이 있어 보이는 대로 뽑아주어야 했다. 그 핑계로 여자아이들은 새까만 보리깜부기로 서로 눈썹을 그려주며 화장 놀이를 하기도 했다.

우리도 보리깜부기로 얼굴을 칠하고, 숨바꼭질도 하고 국방군, 괴뢰군 두 패로 나뉘어 전우 놀이를 하며 별나게 놀았다. 그러다가 주인에게 들키면 실제 상황이 벌어져, 적군과 대치하며 은폐와 엄폐를 하기도 하고, 잡혀서 "요놈 누 집 손지고. 너그 아부지 이름이 뭐꼬"라며 혼쭐이 났다.

봄바람에 몸을 맡겨 사방으로 이리저리 파도처럼 움직이는 보리밭은, 그렇게 괄시받고 아무렇게나 막 대하던 보리가 맞나 싶게 참 아름다운 초록 물결을 만들었다. 다 큰 청보리는 우리 가슴 높이까지 올라와 보리밭으로 들어가면 웬만해서는 찾기 힘들어 몸을 숨기기에 딱 알맞은 은신처가 되기도 했다.

훈풍에 보리밭은 떼로 얼싸안고 움직이는 그 고혹적인 몸짓으로 청춘 남녀의 춘정을 불러일으켰다. 보리밭은 은밀하고 에로틱

한 연인의 단골 연애 장소이기도 했다. "닷 돈 보고 보리밭에 갔다가 명주 속옷 찢었다", "보리밭에서 나오다 들켰다"라는 말이 있듯이 보리밭에서 남녀 간의 일은 하늘도 모르는 일이었다.

예부터 보리밭에는 노고지리가 그렇게 많았다. "종달새 삼 씨 까듯"이라는 말과 같이 "노골노골 지리지리"라고 지저귀며 시끄럽게 아침을 깨우는 새였다. 학교에 다니고서야 표준말을 배우며 종다리, 종달새라고 부른다는 것을 알았지만, 우리는 그냥 어른들 쓰던 대로 노고지리였다.

남쪽에서는 잦은 연애질을 하는 해끔한 처녀를 욕말로 노고지리 지지배라고 불렀다. 봉건 사회에서 여성을 옥죄어 보리밭에서 연애질을 한다고 붙은 말이다. 이 말은 자칫 잘못 쓰다가 처녀 부모님께 들키면 낫부림을 당하는 큰일이 벌어질 수 있는 만큼 신중하게 입을 놀려야 했다.

당시 보리밭은 욕망의 불이 붙은 남자와 여자가, 주위의 시선을 피해 몸을 숨기고 은밀한 밀회를 하는 최적의 장소임은 틀림없었다.

숨바꼭질은 머리카락이 들통 내고
꿀 먹은 벙어리는 말더듬이가 들통 내고
숨어 먹는 밥은 강아지 꼬리가 들통 내고
며느리 앙심은 바가지 소리가 들통 내고
곳간 정사는 쥐새끼가 들통 내고

칙간 정사는 쉬파리가 들통 내고
보리밭 정사는 종다리가 들통 낸다

– 전북 남원 〈들통 타령〉

이렇게 이 세상에 인생 매사는 아무리 숨겨도 들통나게 마련이었다. 특히 남녀의 사랑은 아무리 숨겨도 비밀이 존재하지 않았다. 또 이 노고지리 지지배와 노고지리 머시마의 밀애를 염탐하여 이를 미끼로 돈을 뜯거나 소문을 피우는 나쁜 인간들이 어디에나 있었다. 동네마다 이들은 보리밭 파수꾼으로 불렸다. 온종일 보리밭 부근을 어슬렁거리며, 남의 약점을 캐기 위해 눈을 돌리고 사는 그런 인간 부류였다.

동네는 연애 소문으로 후끈 달아올랐다. 그러나 보리 줄기가 속 빈 강정이듯이, 보리밭 연애의 끝도 그렇게 아름답지 못했다. "니 없이는 내가 못 살겠다. 믿어주라", "걱정하지 마라. 내가 책임진다 안 카나", "내 못 믿나. 오빠만 믿어라" 평생 헤어지지 말자고 손가락을 세 번이나 걸고 다짐한 노고지리 맹세는 빈 보릿대 바람에 날아가듯 사라지고, 노고지리 머시마는 고개를 푹 떨구며 청보리 같은 군복을 입고 이역만리 월남으로 그냥 훅 가버렸다.

다음 해 사내의 전사 통지서 소식을 들은 노고지리 지지배는 울다가 지쳐 정신줄을 놓고 미쳐 버렸다. 그리고 축 처진 아이를 등에 업은 채로, 깜부기로 눈썹을 새까맣게 화장하고 이리저리 종달새를 쫓아 보리밭을 뛰어다녔다.

보리타작하는 날

아이들 놀이 중에 쌀, 보리 놀이가 있었다. 방어하는 쪽은 두 손을 벌려 아가리를 만들고, 공격하는 쪽은 주먹을 아가리에 넣었다 빼면서 "쌀, 보리"를 외치며 쌀 주먹을 잡는 놀이였다. 여기서 보리는 아무리 잡아도 소용이 없지만, 쌀은 아가리로 콱 움켜쥐면 공수가 전환되는 놀이로, 쌀과 보리가 처한 위상을 적나라하게 표현하고 있다.

우리의 보리는 모든 것이 추위에 움츠려 있고, 꽁꽁 얼어붙은 대지에서 북풍을 견뎌내며 잔설을 뚫고 푸르름의 생명력을 유지하는 신령스러운 식물이었다. 그래서 선조들은 입춘날 보리의 뿌리를 파 보아 그 상태를 보고 한 해의 풍흉을 하늘과 지신에 물었다. 보리 뿌리가 세 가닥이면 풍년이 들고, 두 가닥이면 평년작이요, 보리 뿌리가 한 가닥이면 흉년이 든다고 믿었다.

또 영남 지역의 풍흉 점으로 보리할매 점이 있다. 하늘에 있는 보리할매가 보리 열 말을 가지고 섣달그믐날 저녁에 이 땅에 내려와서 하루에 한 말씩 보리를 먹고 지내다가, 정월 첫 소날에 하늘로 올라간다. 정월 열흘 안에 소날이 들면 보리할매가 보리 열 말을 다 먹지를 못해 풍년이 들고, 정월 열흘 후에 소날이 들면 보리가 모자라서 인간들 보리를 빌려 먹기에 흉년이 든다는 이야기다.

이런 식으로 하자면 확률상 풍년이 들 확률이 80% 이상이고 흉년이 들 확률이 20% 미만인데, 이런 억지 풍흉 점을 쳐가면서까지 풍년을 바랐던 것은 바로 지긋지긋한 보릿고개를 순조롭게 넘기 위해서일 것이다.

"보리 안 패는 삼월 없고 나락 안 패는 유월 없다"라고 대개 풋보리의 이삭에 알곡이 들어차서 여물기 시작할 때쯤, 지긋지긋한 보릿고개의 끝이 보였다. 나물죽, 송피, 술지게미로 겨우 연명을 하던 동네 사람들은 풋보리 이삭을 베어다가 죽을 끓여 먹으며 얼굴에 핏기가 돌기 시작했다.

어른이나 아이 할 것 없이 꾸역꾸역 잘 여문 보리밭으로 모여들어 여기저기에 연기를 냈다. 바로 보리 그스름, 보리 풋바심을 하기 위해서였다. 바심은 곡식의 알곡을 거두는 일을 뜻하는 옛말이다. 흔히 우리가 마음을 졸이는 것을 조바심이라 하는데, 조의 이삭을 털 때 낱알이 튈까 걱정하는 마음을 말한다.

풋보리를 베어다가 이삭을 불에 살짝 그슬려 겉껍질을 손으로 비벼 불어내고, 보리 낟알을 오물오물 씹어 먹는 그 구수한 풋보리알 맛은 보릿고개의 배고픔을 잊게 해 주었다. 얼마나 배가 고프고 급했으면 "보리밭에 가 숭늉 찾는다", "보리밥이라도 실컷 먹어보았으면 좋겠다"라고 했을까.

네 것 내 것도 따지지 않았다. 살고 봐야 하니, 일단 잘 여문 보리밭이 우선이었다. 여물지도 않은 풋보리를 먹는 비굴함을 합리화시키기 위해 이렇게 보리 그스름을 해야 그 집 보리농사도 잘되고, 보리밥 맛도 좋아지고. 잔병치레가 없어진다는 명분거리도 만들어두었다.

이렇게 보리 그스름이 끝나고 얼마 안 있어, 굶어 죽으라는 법은 없다고 고맙게도 이 무렵에 보리감자가 나왔다. 그리고 보리누름도 왔다. 보리누름이 되면 들판이 온통 누렇게 익은 보리 물결로 춤을 추었다. 동네 사람들은 너나없이 모두 나서서 서둘러 보리를 베었고, 타작마당에서 도리깨로 보릿대를 힘차게 두들겼다.

> 오월이라 중하되니 망종 하지 절기로다
> 남풍은 때맞추어 보리타작을 재촉하니
> 보리밭 누른빛이 밤사이 나겠구나
> 문 앞에 터를 닦고 타맥장 하오리라
> 드는 낫 베어다가 단단히 헤쳐 놓고
> 도리깨 마주 서서 짓 내어 두드리니

불고 쓴 듯하던 집안 갑자기 흥성하다
　－〈농가월령가農家月令歌〉 5월령

　　보리타작은 벼타작보다 정말 몇 배나 힘들었다. 초여름 더위와 먼지도 엄청났다. 제일 괴로운 것은 어깨에 짊어지고 다니는 보릿단이었다. "보리 가시랭이가 까다로우냐, 괭이 가시랭이가 까다로우냐"라는 말이 있듯이 보리 이삭에 달린 고양이 발톱같이 날카로운 보리 까끄라기가 제일 큰 고통이었다.

　　아무리 긴 옷으로 중무장을 해도 바늘 같은 까끄라기가 땀과 함께 범벅되어 몸에 착 달라붙어 살갗을 파고들었다. 그래서 보리타작 한 번 하면 온몸에 상처와 피부병으로 열흘 넘게 고생했다. 그래도 급하게 보리타작하는 이유가 있었다. "하지 쇤 보리 없다"라는 속담같이 보리는 아카시아꽃이 피는 음력 오월에 드는 망종芒種 전에 베어내고, 그 자리에 모를 심어야 하기 때문이었다.

　　망종芒種은 '까끄라기 망芒'과 '씨앗 종種'이 결합한 말로, 말 그대로 보리를 베는 최후 한계 날짜요, 논에 모를 심는 시작일이라는 뜻이 있다. 그래서 망종은 "햇보리를 먹게 될 수 있는 망종" 또는 "보리는 익어서 먹게 되고, 모는 자라서 심게 되니 망종이요", "망종에 비가 오면 풍년" 등 보리와 모와 관련된 속담이 많다.

보리 베기와 모내기가 겹쳐 바쁘게 움직이지 않으면 시기를 놓치기 때문에, 이 무렵에 "발등에 오줌 싼다"라는 말이 전해질 만큼 정신없는 시기였다.

    에화 에화 에화 에화
    때리라 에화 찍어라 에화
    보릿대가 에화 춤을춘다 에화
    이삭이 에화 안붙거로 에화
    야무치게 에화 때리라 에화
    궁둥이는 에화 모우고 에화
    도리깨는 에화 벌리라 에화
    뒷걸음을 에화 쳐라 에화
    심씨는 에화 소리다 에화
    보릿대가 에화 나간다 에화
    구름같이 에화 또나간다 에화
    목이 에화 모리거든 에화
    주인한테 에화 술주라꼬 에화
    – 천의생, 경남 고성

꽁당 보리밥

초여름 들판에 보리가 누렇게 물들면, 비록 쌀밥은 아니더라도, 무서운 한 끼를 때울 수 있다는 생각에 마음이 푸근해졌다. 일단 보리가 잘 익은 논에서 누런 보리를 한 지게 베어와서 보리 이삭만 따로 떼어내어 방망이 타작을 했다. 그리고 도구통이나 디딜방아에 찧어 도정을 했다.

밥을 지어 먹을 수 있는 보리쌀이 완성되기 위해서는 통보리를 찧고 빻는 보리방아를 여러 번 해야 했다. 이것은 쌀 도정의 두 배나 힘들 정도로 여인들의 고된 노동을 감수해야 했다.

시어머니 죽으라고 축원했더니
보리방아 넘길 때에 생각이 나네
– 경남 함양

영천강물에 돌고 도는 방아요
아이고 매워라 고추방아
고수룸하다 깨묵방아
지긋지긋 보리방아
– 경북 영천

　보리밥은 쌀밥 짓듯이 하면 도저히 먹을 수가 없을 만큼 여물고 탱글탱글하고 으깨지지도 않고 거칠어, 많은 시간과 품을 팔아야 그나마 먹을 만했다. 정약용丁若鏞, 1762~1836도 유배지에서 백성들과 똑같이 보리밥을 얼마나 많이 먹었던지, 보리타작에 대해 쓴 「타맥행打麥行」에서부터, 여러 시문에서 보리밥 시를 발견할 수 있다.

　"麥飯喜盈盂 보리밥 사발이 수북해서 기쁘네", "萵葉團包麥飯吞 合同椒醬與葱根 상추쌈에 보리밥을 둘둘 싸서 삼키고 고추장에 파 뿌리를 함께 곁들여 먹네"라며 보리밥을 달게 표현하고 있다. 그리고 「사잠奢箴」이라는 시에서는 "毋曰麥硬 前村未炊 보리밥 뻣뻣하다 말하지 마라. 앞마을에선 불도 못 때고 있구나"라며 보리밥도 못 먹는 백성들의 딱한 사정을 알고 양반의 사치를 경계하고 있다.

　"보리밥 한 솥 짓기"라는 말이 있을 만큼 보리밥은 시간이 오래 걸렸다. 보리쌀은 일단 물에 온종일 몸을 불렸다. 그리고 한번 푹 애벌 삶기를 하여 건져 내어 보리밥 바구니에 담아 두었다. 그리고 애벌 삶기 보리쌀에 다시 물을 붓고 두벌 보리밥을 지었다. 이렇게 지은 보리밥을 꽁보리밥 또는 두 번 삶는다고 해서 곱삶이라고도 했다.

꽁보리밥은 강된장, 강술, 강밥, 강참숯 등과 같이 '아무것도 섞이지 않은'의 뜻을 가진 접두어 '강'이 붙어 '강+보리밥'이 '깡보리밥〉꽁보리밥〉꽁당보리밥'으로 변이한 말이다.

배가 고픈 시절에는 꽁보리밥을 가지고 맛이 있니 없니, 타박할 수가 없었다. 그저 '야물다'라는 표현보다는 쫄깃쫄깃하다로, '쉰내'라는 표현보다는 구수하다로 마음을 위로하며 먹는 수밖에 없었다. 70년대는 혼분식 장려 운동으로 점심시간마다 급장이 도시락 검사를 하여, 쌀밥만 싸 온 아이들을 적발하여 교무실에 보고하기도 했다. 심지어 보리밥을 예찬하는 노래도 있었다.

꼬꼬댁 꼬꼬 먼동이 튼다
복남이네 집에서 아침을 먹네
옹기종기 모여 앉아 꽁당 보리밥
꿀보다도 더 맛 좋은 꽁당 보리밥
보리밥 먹는 사람 신체 건강해
– 〈꽁당 보리밥〉, 프랑스 동요

웃지 못할 해프닝도 벌어졌다. 완전 꽁보리밥을 싸 오면, 정부 시책을 잘 따른다고 일어서서 박수받기도 했다. 그리고 무슨 제사는 그리 많은지, 제삿밥은 굶어 죽더라도 꼭 쌀밥으로 하는 바람에, 뒷날 학교에서 꽁보리밥 아이들과 도시락 밥을 반씩 나누는 일도 허다했다.

그러든 말든 꽁보리밥은 부끄러움이었다. 먹을 것이 보리밖에 없으니, 학교에 싸 가는 도시락도 꽁보리밥이었다. 당시 우리는 아이들의 겉모양새나 도시락의 보리와 쌀이 섞인 비율만 보고도 그 집안의 경제적인 모든 것을 알 수 있었다.

꽁보리밥을 싸갈 때면 친구들의 불편한 눈치를 보아가며 울며 겨자 먹기로 도시락 뚜껑을 세워 가려서 먹으며 부끄럼을 숨기기도 했다. 아침에 한 보리밥은 쉬거나 벌레가 들어가는 것을 막기 위해, 삼베를 깐 보리밥 바구니에 퍼 담아 부엌 살강에 대롱 매달아 놓았다. 학교를 마치고 돌아온 우리는 부엌으로 달려가, 보리밥 바구니부터 살폈다.

바구니 가에는 일반 파리부터 무지갯빛이 나는 똥파리, 덩치가 큰 대장 파리까지 백여 마리가 넘게 붙어 있었다. 어른들이 점심 찬으로 먹을 밥을 퍼간 자국이 보였다. 틀림없이 수양버들이 그늘을 만들어 주는 논둑에 앉아 땡고추를 된장에 찍어 물을 만 보리밥을 드시거나, 멸치젓갈을 고추에 척 걸쳐서 드시는 게 분명했다. 우선 붙은 파리부터 쫓고, 보리밥을 퍼서 큰 양푼에 담고, 우물에서 열무김치를 건져 내어 고추장에 쓱쓱 비벼 먹으면 그렇게 맛날 수가 없었다.

김매기를 나간 어른들이 돌아온 후 온 가족이 밥상에 둘러앉았다. 저녁에도 감자를 넣은 감자 보리밥을 먹었다. 멸치와 고추를 잔뜩 썰어 넣어 보리밥 안칠 때 같이 솥에 넣어 끓인 강된장에 비벼도 먹고, 호박잎에 싸서 먹는 보리밥도 참 맛났다. 어른들은 "보리밭만 지나가도 주정한다"라고 사치를 조금 부려 누룩을 넣어 따뜻한 부뚜막에서 삭힌 보리막걸리를 한 잔씩 걸치는데, 참 달게 드셨다.

할무니는 보리밥을 싫어하는 아이들에게 보리를 많이 먹으면 피가 맑아지고 독한 기운이 빠지고 소화가 잘 된다고 칭찬을 하며 그 증거로 보리방구 이야기를 자주 했다. "방귀 길 나자 보리양식 떨어진다"라는 말이 있을 정도로 꽁보리밥은 근기가 없어 강력한 소화력으로 배는 쉬 꺼지고 그 대신에 방귀가 자주 나와 참 민망한 일이 벌어지기도 했다.

방구 나온다 온구 나온다
씬구 나온다 늴리리 나온다
끼차고 나온다 둘러메고 나온다
자리잡고 나온다 통장구 나온다
보리가 나모 왕사래기가 나온다
쌀이 나오모 짚싸래기가 나온다
담부락밑에 거위가 나온다
옹구전에 반애가 나온다
까재가 나모 볼통까재가 나온다
삼아 나모 와닥다리 나온다
외가 나모 고부랭이 나온다
  – 경남 창원

서러운 보리개떡

비록 쌀 대신 보리였지만, 오뉴월에는 주식 자리를 꿰차고 밥, 죽, 수제비, 떡, 빵은 물론이고, 보리된장, 보리차, 보리김치까지 더욱 다양하게 사용되었다. 보리는 겉껍질이 두꺼워, 입에 씹히는 부드러운 알곡을 얻기 위해서는 도정을 여러 번 해야 했다. 그리하여 깎아 낸, 겉껍질인 보리등겨가 많이 생겼다.

60~70년대에 참 많이 먹었던 것이 이런 보리등겨나 보리 싸라기로, 손바닥만 하게 납작납작한 반죽을 만들어, 밥 위에 얹어 쪄 먹는 보리개떡이 있었다. 말이 떡이지 그냥 배가 고파 할 수 없이 먹는 참 볼품없고, 맛도 없고, 그냥 달달한 사카린 맛으로 먹는 그렇고 그런 떡이었다.

옛적의 '개' 이미지는 형편없었다. 개떡에 붙는 '개'라는 말도 썩 좋은 이미지는 아니었다. '원칙에서 벗어났다, 보잘것없다, 가짜'를 표현할 때 주로 쓰는 말이었다. 개나리꽃은 피는 시기가 아닌데 아무 때나 막 핀다고 붙은 이름이고, 막 자란 복숭아는 개복숭아라고 했다.

개떡은 사카린 단맛으로 먹지, 그 본연의 맛도 별로이고 생긴 것도 아무렇게나 볼품없이 시꺼멓게 생겨, 떡 중에 최하급 취급을 받았다. 그렇다 보니 얄궂게 생겼다는 말로 "쥐었다 놓은 개떡 같다", 일이 안 풀릴 때는 "뭐 이런 개떡같이"라고 하였고, 답답한 사람을 보고 "제발 개떡같이 말해도 찰떡같이 알아들어라" 등 답답하고 안 풀리고 마음에 들지 않을 때 붙이는 말이었다.

"보리떡에 쌍 장고", "보리떡이 떡이냐, 의붓아비가 아비냐"와 같이 격에 맞지 않음을 상징하기도 했다. 이러한 별로 반갑지 않은 개떡의 이미지에 보리까지 붙어 춘궁기 보릿고개의 상징 보리개떡이 탄생했다.

보리개떡은 서러운 역사의 산물이었다. 이름마저 억울한 보리개떡을 본격적으로 먹기 시작한 것은 일제강점기부터였다. 일제는 산미 증산 운동을 전개하며 조선에서 생산되는 쌀의 절반 이상을 악랄하게 공출하여 본토와 전쟁 지역에 보급으로 보냈다. 이때 조선식 쌀 포대인 '섬'은 바다 습기에 약하고 쌀이 잘 흘러내려, 새롭게 도입한 것이 일본식 쌀 포대 '가마니'였다.

일본 제국주의는 가마니 짜기 대회를 열면서까지 그 가마니에 조선의 쌀을 담아 군량미로 국외로 빼돌렸다. 그로 인해 조선 사람들은 극심한 식량난을 겪으며, 제가 농사를 짓고도 제 몫이 없

는 풍년기아豊年飢餓를 견뎌야 했다. 만주에서 건너온 좁쌀을 배급받거나, 고구마, 감자, 강냉이, 옥수수, 심지어는 콩깻묵, 술지게미를 먹으며 배고픔을 달래야 했다.

이러한 식민지의 서러운 수탈 역사 속에 개떡이 탄생했다. 당시에는 서로가 민망해서 밥 먹는 시간에는 남의 집이나 친척 집도 방문하지 않았다. 식민지 백성들은 영양실조로 체중이 빠져뼈가 앙상하게 드러났고, 얼굴은 허연 마른버짐이 피어나고 빈혈로 핑 도는 어지럼증이 만연했다. 제대로 된 음식을 못 먹어서 지독한 변비가 생기는 것도 큰 고통이었다. "밑구녁이 찢어질 정도로 가난하다"라는 말도 이때 생겼다.

하루 한 끼는 보리밥으로 해결하고 점심은 건너뛰고 저녁에 이 보리개떡으로 끼니를 삼았다. 개떡은 '등겨떡'이라고도 하며, 보리등겨, 싸라기, 깻묵, 조, 쑥 등을 재료로 했다. "낡은, 존위 댁네 보리밥은 잘해"라는 말이 있듯이 형편없는 재료라도 최대한 먹기 좋게 한 것이 개떡이었다. 보리등겨가 많이 들어가면 보리개떡, 밀가루가 많이 들어가면 밀개떡, 쑥이 들어가면 쑥개떡이라고 했다.

개떡은 주로 아침밥을 할 때, 보리밥이 한 번 끓어 넘치고 나면 밥 위에 천을 깔고 쪄냈다. 주로 솥에다가 보에 싼 채로 보관을 하는데, 어린아이들은 보에 붙은 부스러기라도 떼어먹는다고 난리가 났다. 가족 일인에 하나씩이다 보니 할무니가 일일이 숫자를 세어놓아, 하나라도 없어지면 집안에 한바탕 큰 소란이 벌어졌다.

절망감과 수치심 속에, 단지 살기 위해 서럽게 먹었던 음식이 개떡이었다. 그래도 가난하더라도 허기를 견디며, 보리 개떡이나마 서로 나누며 오순도순 정을 쌓고 가족을 일구어 "천생연분에 보리개떡"이라는 말도 생겼다.

영감아 영감아 죽지마라
보리방아 품들어서 개떡쪘다

개떡을 쪘지만 작기나 쪘나
서말지 솥에다 솥째로 쪘다
— 경남 의령

보리가 반가운 것들

자연은 무심한 듯 보여도 끊임없이 시계를 돌렸다. 굳이 12진법을 쓰지 않더라도 계절의 이치에 따라 피어나고 지는 꽃이나 식물의 생육상태로 시간을 제공하였다. 식물의 생장에 가장 근접한 달력은 달의 순환인 음력陰曆이었다.

특히 갯가 사람들은 양력 달력을 지금도 믿지 않는다. 그들은 인간사에 필요한 양력 달력이 있고, 바닷일을 할 때 쓰는 음력과 하루 두 번 물때가 표시된 수협 달력이 따로 존재했다. 그리고 조상들이 그리하였듯이 자연에서 식물의 생장상태로 제공하는 특별한 식물 달력을 더 중요하게 생각했다.

통영에는 쑥이 올라올 때 도다리를 넣어 국을 끓여 먹으면 맛있다고 제철 음식인 도다리 쑥국을 꼭 먹는데, 이미 전국적인 봄음식으로 자리 잡았다. 섬진강 유역에서만 나오는 손바닥만 한 벚굴은 벚꽃이 필 때 나는 특별한 굴이라고 붙은 이름이다. 그리고 벚꽃 시기가 제일 맛있다는 벚꽃뱅이라는 민물고기도 있다.

남해안에는 봄 멍게를 진달래꽃 필 때 가장 맛있다고 꽃멍게라고 하였고, 통영 사량도 사람들도 참꽃이 필 때 낙지가 가장 맛나다고 한다. 동해안 영덕 울진은 "복사꽃 필 때 대게가 춤춘다"라는 말이 있고, 벌교에는 "꼬막은 벚꽃이 필 때부터 질 무렵까지가 제일 맛있다"라는 말이 전해진다.

서해안 바지락은 지역에 따라 남부는 개나리, 진달래 필 때 가장 맛있다고 하고, 중부는 복사꽃이 필 때 제일 맛있다고 한다.

충남 태안에는 "주꾸미는 동백꽃이 필 무렵 알이 차고, 진달래꽃 필 때 가장 맛이 좋다"라는 말이 전한다. 그리고 한참 모내기를 해야 할 시기인 음력 5월에 드는 가뭄을 야속하게 찔레꽃만 피었다고 찔레꽃 가뭄이라 했고, 진도에는 "봄에 진달래가 필 때는 간자미를 먹으면 안 된다"라는 말도 있다.

보리는 벼보다 비교적 수월하게 키우는 작물이었다. 가을에 벼를 베어낸 논에 대충 거름을 하고 갈아서 씨를 뿌리면 겨울에 덮인 눈을 이불 삼아 푸른 싹을 틔웠다. 그리고 봄에 그저 한두 번 밟아주면 속은 비어 있지만, 잘 쓰러지지도 않고 잘 자라는 신통한 곡물이었다.

사실 보리는 겨울에도 푸르게 살아남는 강인한 생명력으로 봄을 부르는 작물이어서 풋것이 없는 초봄에 난 싹 보리는 환영을 받았다. 목포에서는 "준치는 보리 싹이 막 필 때 맛이 제일 좋다"라고 하는 말이 있다. 그리고 생홍어 애탕을 끓일 때, 봄에 솎은 보리 순을 넣어 먹으면 별미가 되었다. 보리 순으로 된장 무침, 초고추장 무침, 회무침, 지짐이, 찌개, 차 등을 만드는 요리도 전남 지역의 봄의 특미로 전해지고 있다.

보리가 붙어 항상 남에게 업신여김을 받는 것은 아니었다. 보릿고개를 넘어서 청보리가 익어가면 보리밭이 누렇게 변해 출렁거렸다. 이는 곧 수확을 목전에 두었다는 말로 이를 보리누름, 맥황麥黃이라고 했다. 이 보리누름은 지긋지긋한 배고픔에서 해방

이 된다는 가장 반가운 소식이었다. 따지고 보면, '고향'이라는 이미지는 벼가 무르익은 벌판보다는 보리가 누렇게 익은 벌판이 훨씬 강하고, 하얀 쌀밥보다 꺼먼 꽁보리밥이 더욱 강한 것도 이런 이유인 것 같다.

보리가 누런색으로 변하는 망종은 여름의 시작이라, 이 시기에 드는 것들은 모든 것이 한 맛을 더했다. 그래서 보리누름에 나는 것들은 모조리 이름에 꼭 '보리'를 붙였다. 그 대표적인 예가 보리감자이다. 이 이름은 단순하게 보리가 익는 시기에 캔다고 붙은 말이다.

보리 이삭이 팰 무렵에 잡히는 살이 달고 씹히는 맛이 일품인 숭어를 보리숭어라고 하였고, 보리가 익어갈 때 많이 잡히는 큰 멸치를 보리멸이라고 하였다. 동해안에는 보리멸과는 다르지만, 이 시기에만 잡히는 길고 납작한 멸치를 특산물로 보리멸치라고 불렀다.

보리누름에 섬진강에서 잡히는 은어는 비린내가 안 나서 특별하게 보리은어라고 따로 불렀다. 남해안에서 귀족 대접을 받는 참새우는 꼬리가 누런 보리 이삭과 비슷하다고 보리새우라고 불렀다. 울산에서는 보리누름에 나타나서 회유하는 대형 수염고래를 보리고래라고 따로 부르기도 했다. 제주에서는 전통음식으로 얼갈이나 열무에 꽁보리밥을 밀가루 풀 대신에 갈아 넣거나, 통째로 넣은 보리김치가 있다.

전라도에도 독특하게도 특산물로 보리굴비라는 고급 굴비가 따로 있다. 보리굴비는 조기를 손질하여 해풍에 말린 굴비를 항아리에 넣은 다음, 그 속에 통보리를 채워 몇 달씩 보관, 숙성시킨 굴비를 말한다. 무슨 조화인지는 몰라도 껍질을 벗기지 않은 통보리 속에 굴비를 넣어두면 곰팡이가 피지 않고, 저장성이 뛰어났다.

이것을 두들기고 살을 발라서 고추장에 묻었다가 찬밥에 찻물을 부어 말아먹으면, 그냥 굴비와 전혀 다른 식감의 꼬들꼬들한 보리굴비가 탄생했다. 보리굴비라고 이름이 붙은 이유는 말 그대로 통보리 속에 넣어 숙성했기 때문이다. 충남에는 이 같은 방식으로 건멸치도 통보리 속에 보관하는 집도 있다.

이렇게 보면 보리가 맨날 오곡 중에서 가장 박대만 받던 곡식이 아니라, 나름대로 우리가 정확하게 알 수 없는 뭔가 풀어야 할 비밀이 많은 곡물임이 틀림없는 것 같다.

상두주무桑土綢繆의 보리문디

'문둥이'는 오늘날의 한센병Hansen's Disease을 일컫는 말로 나병癩病에 걸린 환자를 일컫는 말이다. 과거에는 용천뱅이라고도 했다. 성경에도 등장할 정도로 인류를 오랫동안 괴롭혀 온 나병은 온몸에 진물이 나고, 눈썹과 머리카락이 빠지고, 신체의 말단 부위가 마비되고 썩어 문드러져 외형을 흉측하게 만드는 병이다. 그래서 문둥이라고 했다.

의학이 발달하지 않은 옛날에는 그 원인과 치료법을 알지 못해 몹시 두려워했던 병으로, 천형병天刑病 또는 업병業病이라 하여 죽음보다 더한 고통을 견뎌야 했다. 전염성 질환이라 이들은 근대에까지 마을과 동떨어진 지역에 촌락을 이루어 격리 수용되었으며, 항시 관아에 등록하고 감시를 받았고, 그곳을 문둥촌, 구료막救療幕이라 불렸다.

그들은 움막 같은 곳에서 집단 거주를 하며 간단한 농사를 짓기도 했지만 주로 걸식으로 연명했다. 문둥이가 마을에 나타나면 어른이나 아이 할 것 없이 모두 접근하지 말라고 돌팔매질을 하여 돌문둥이라고도 불렀다.

그들은 전염에 대한 불안과 나병에 대한 공포로 인해 사람들에게 철저하게 멸시와 학대, 소외와 격리를 당했다. 그야말로 천벌로 인식되던 시대였다. 우리뿐만 아니라 지구촌 곳곳에서 나환자들에 대한 멸시가 자주 등장하는 것을 보면 세계적으로 그리한 것으로 보인다.

군대에 입대하고 나서 그야말로 각 지역을 대표하는 팔도 장정들을 처음 접했다. 선임들이 던지는 가장 첫 질문은 "고향이 어디냐?" 였다. 그리고 내가 "경남 사천입니다"라고 대답하면 어김없이 "보리문디"라는 말을 들어야 했다. '보리문디'는 경상도 사람을 지칭하는 별칭으로 평생 나의 곁을 따라다녔다.

왜 하필 보리문디라고 했을까 하는 의문을 추적해 보고 싶었다. 보리문디는 '보리+ 문디'의 합성어이다. 보리는 곡물 이름이고, 문디는 문둥이의 영남 사투리이다. 과연 이 말은 어떻게 형성되었을까. 영남 지역의 사투리를 분석해 보면, '문디 혹딱 같은 자슥, 문디 지랄하고 있네, 문디 깡철이, 문디 떡다리, 아 문디' 등 문디라는 말은 실로 다양하게 쓰인다.

'야, 너, 애' 같이 상대방을 칭하는 호격사도 되고, 매우 황당한 일을 당했을 때, 말 앞에 붙어 '매우, 무척, 픽' 같이 그 의미를 강조하는 부사 역할도 하고, 뭔가 예상하지 못한 상황과 맞닥뜨렸을 때 푸념으로, '아, 하, 오' 같이 놀라거나 당황할 때 내는 감탄사 역할도 한다. 문디라는 말은 원래의 뜻과는 전혀 다른, 사회적 합의로 새로운 의미의 언어로 굳어버린 영남 지역 특유의 언어습관으로 된 관용어慣用語로 정착했다.

문디는 원래 욕말이었다. 욕말은 공동체 안에서 서로의 이해가 있어야 통용되는 문화적 현상으로, 일반적으로 욕辱은 공격적인 감정적 언어로 남을 폄하, 질책하고 욕보이며, 가학적인 저주를 퍼 붇는 말이다.

그러나 욕은 사나운 표현으로 쓰일 때도 있지만, 상대방이 받아들이는 저항감이 없을 때는 친한 벗끼리 친교의 표현으로 쓰이기도 했다. 그리고 이런 문디 자슥, 염병할 놈 등의 욕설이 감정이 담기지 않으면, 때로는 재앙을 막아 주는 상두주무桑土綢繆의 주언呪言으로 쓰이기도 한다.

상두주무桑土綢繆는 『맹자孟子』의 「공손추장구상公孫丑章句上」과 『시경詩經』의 「치효鴟鴞」에 나오는 말이다. '새는 폭풍이 오기 전에 뽕나무 뿌리를 캐어다가, 창문을 단단히 얽어맨다' 라는 말로, '환란이 닥치기 전에 미리 방지한다' 라는 뜻이다. 비슷한 고사성어로 이이제이以夷制夷라는 말이 있다. 송나라 범엽范曄, 398~446이 지은 『후한서後漢書』에 나오는 말로, '적으로써 다른 적을 통제하고 제압하는 전략' 으로 주로 국가 간의 외교나 전쟁에서 많이 쓰는 전술이다.

남을 이용해서 남을 치는 이 전략은 작은 부정을 미리 들여 큰 부정을 막는 예방민속豫防民俗에 많이 쓰였다. 가장 흔하게 볼 수 있는 풍습 중에서 귀한 아기의 아명兒名을 천하게 짓는 관행을 들 수 있다.

의학이 발달하지 못했던 옛날에는 질병으로 인한 유아 사망률이 절대적으로 높았으며 그 원인으로 '귀신이 아기를 잡아간다'라고 생각했다. 특히 아기의 이름을 너무 귀하게 지으면 귀신이 제일 먼저 아기를 잡아간다고 믿어 안전망을 구축하기 위해 이름을 천하게 함부로 불렀다.

상민들은 태어나자마자 개똥이, 소똥이, 말똥이, 강아지, 돼지라고 붙인 아명이 평생을 갔다. 반가에서도 나중에는 관명이 따로 생겼지만, 아기 때는 한자를 붙여 介東개동, 蘇同소동, 馬東마동이라 아명을 짓는 것은 반상이 마찬가지였다. 이런 연유로 세종대왕의 아명은 막동莫同이었고, 황희 정승의 아명이 도야지都耶只, 고종의 아명이 개똥介東이였다.

신분을 초월해서 부모의 마음은 똑같다. 아기의 무병장수를 빌며 아명을 일부러 더럽고 천하고 하찮은 것으로 불러 귀신의 침범을 막고자 하는 교란작전을 썼다. 호사다마好事多魔라고 좋은 일에는 마가 낀다고, 잡귀 잡신이 시기하여 방해하는 그런 일이 생기는 것을 극도로 꺼렸다.

그래서 선조들은 일부러 잡귀 잡신으로부터 아이를 보호하기 위해 귀한 아이의 이름도 상스럽게 함부로 짓고, 일부러 "왜 이리 밉상이야"라고 하면서 반대로 말하였다.

둥실둥실 모개야 아무렇게 굵아다오
둥글둥글 모개야 아무렇게 굵아다오
개똥밭에 궁글어도 아무락구 굵아다오

어머니나 할머니가 아이를 재우거나 어를 때 부르는 노랫말이다. 이 노래 역시도 아기가 귀엽고 잘생겼다고 하면 귀신이 질투하여 해를 끼칠까 봐서, 일부러 제일 못생긴 과일 모과로 부르는 이이제이 예방민속이었다.

이같이 감정이 섞이지 않은 문다라는 말에도 '환란이 닥치기 전에 미리 방지한다'라거나, 흉측한 병마를 미리 불러들여 잡신의 침범을 움츠리게 하는 상두주무桑土綢繆, 이이제이以夷制夷의 예방 민속이 숨어 있었다.

예부터 선조들은 인간에게 해를 끼치는 액운에 대해서 그 성격과 세기에 따라서 달래거나, 겁박하거나, 속이는 대응책을 써 왔다. 곰보를 만드는 무서운 두창痘瘡을 마마나 손님으로 부르는 것은 달래는 수법의 일종이고 상여 앞에 앞세우는 방상시 탈은 잡귀 잡신을 겁박하는 수법의 일종이었다.

"차라리 귀신을 속여라"라는 말이 있지만, 귀신도 속일 수가 있었다. 귀하게 아끼는 사람을 병마에 걸린 '문디, 염병할, 지랄하네'로 일부러 낮추어 부르는 것은 나쁜 액운을 속이는 전형적인 수법의 일종이었다. 이러한 속이기 수법은 쌀 같은 곡물을 매매할 때도 나타난다.

예부터 선조들은 쌀을 신의 음식으로 여겨, 성주신이나 조상의 정령이 깃들어 있다고 믿었다. 인간사에 쌀은 실물화폐와 같았지만, 신의 영역이라 여간 조심스럽지 않았다. 그래서 쌀을 내다 팔아 돈으로 바꿀 때는 신들이 화를 낼까 봐 꼭 반대의 표현을 써서 "쌀 사러 간다"라고 했다. 반대로 쌀이 떨어져 쌀을 사러 갈 때는 반대로 "쌀 팔러 간다"라고 헷갈리게 표현했다. 한자어에도 살 매買와 팔 매賣의 발음이 같은 것을 보면 귀한 쌀의 매매를 신께 숨기려 한 정황을 알 수 있다.

문둥병과 마찬가지로 두창痘瘡도 고대부터 인간을 사망 아니면 곰보로 만드는 치명적인 감염병이었다. 이 병도 종두법 이전에는 뚜렷한 예방법이 없었다. 환부가 콩알 같다고 두창이라 불렀고, 마마媽媽, 손님, 별성 등으로 높여 부르기도 했다. 한데 두창은 한 번 걸리면 두 번 다시는 걸리지 않는 특징을 선조들은 알고 있었다. 그래서 선제 대응으로 가짜 두신을 앞세워 진짜 두신을 속이는 예방민속을 실행했다.

영남 쪽에 분포하는 지신밟기, 풍물놀이, 탈놀음에 등장하는 인물 중에 온통 붉은 옷을 입은 하동假童, 또는 곰보 양반이라는 역할이 있다. 두창이 발진하면 부위가 붉게 변하는 모습을 상징하는 붉은 도포에 위엄을 상징하는 대나무 담뱃대를 들고, 관모를 쓰고 있다. 하동假童의 붉을 하假는 '赤+叚'으로 赤적은 '붉은 색'을 의미하고 假가는 '빌려 오다'라는 뜻을 의미한다. 즉 '붉은 색을 빌려 오다'라는 뜻으로 속임수 두신임을 암시하고 있다.

동童 자의 쓰임새를 살펴보자. 마마를 때로는 별성애기 또는 별성아씨라고도 부르는데, 이는 주로 두신이 어린 남자아이나 여자아이에게 해를 끼치기 때문이었다. 그리고 기왕 오는 것 심하게 오지 말고 아이들에게 살짝 왔다 가라고 작은 손님이라는 뜻의 아이 동童 자를 쓰고 있다. 코가 얽은 곰보 모양을 한 하동假童 또는 곰보 양반이라는 이 인물은 당시 인간에게 심각한 전염 질환인 두창신, 마마신을 속이기 위한 예방 민속의 가짜 두신痘神이었다.

이러한 상두주무桑土綢繆의 주술적인 언어, 또는 이이제이以夷制夷의 예방민속으로 쓰인 말이 영남지방을 중심으로 발달한 '문디야, 문디 자슥, 문대 새끼' 등이다. '천형이라 할 수 있는 문디라는 호칭을 붙여 다른 잡귀 잡신의 재앙을 막는다'라는 뜻으로 쓰였기에, 실제로 영남 지역에서는 이 말에 대한 아무런 거부감이나 저항감이 없다. 심지어 친한 벗을 만나면, 남성이나 여성이나 가리지 않고 자연스럽게 "야, 이 문디 자슥아, 살아있네", "문디 가스나, 잘 살았나"라고 하면서 반가움의 표현으로 쓴다.

뒷밭에 두더지는 새 굴도 뚫는데
우리 집에 저 문둥이는 있는 굴도 못 판다
- 충북 영동

영산읍내 물레방아 물을 안고 돌고요
우리 집 저 문둥이는 나를 안고 돈다
- 경남 창녕

뒷집에 김 도령이 자영구 타면
우리 집에 저 문둥이 밭골을 타네
- 경남 거창

보리밭 문둥이

경상도 지역은 '문디'라는 언어습관뿐만 아니라, 정초에 역귀疫鬼를 물리치는 문둥이춤도 있다.

> 아이고 여보소 이내 한 말 들어보소
> 삼대 할아버지, 삼대 조모니,
> 그 지체 쓸쓸한 울 아부지, 울 옴마
> 인간의 죄를 얼마나 지었건대
> 몹쓸 병이 자손에게 미쳐서
> 이 모양 이 꼴이 되었을까?
> – 통영 오광대 〈문둥탈 과장〉 중에서

가산 오광대, 통영 오광대, 고성 오광대, 동래 야류, 진주 오광대 등 영남 지역의 야류, 오광대 계통의 탈놀음에는 다른 지역에서는 볼 수 없는 독특한 문둥이춤이 있다. 심지어 정초에 이 문둥이 과장을 첫째 과장으로 제일 먼저 연행한 후에 다른 탈놀음을 할 정도였다.

문둥이가 문둥이 탈을 쓰고 소고춤을 추며 등장하여 구부러진 손가락 모양을 하거나 다리를 떨며 문둥이 흉내를 낸다. 이런 행위도 놀이판을 액으로부터 정화하여, 마을에 드는 재앙을 막고자 하는 이이제이以夷制夷의 예방 민속이었다.

호남 지역에도 영남 지역에서 쓰는 '문둥이' 같이 친근한 욕 말 중에 '염병, 염병할, 염병할 놈'이라는 말이 있다. 번질 염染 자의 염병病이란 말은 고열과 설사를 동반하는 전염병 장질부사, 장티푸스를 칭하는 말로, 근대에 이르기까지 많은 목숨을 앗아갔다.

"염병에 까마귀 소리", "염병 치른 놈의 대가리 같다", "염병에 땀을 못 낼 놈" 같은 말이 흡사 문디만큼 자주 쓰인다. 틀림없이 문디같이 매우 못마땅하거나 푸념을 할 때 쓰는 욕말인데, 가까운 친구들끼리 쓰면 기분이 상하거나 마음이 언짢은 욕이 아니라, 친근감의 표현이 된다. 이것 역시 추악한 질병을 미리 들먹여 다른 역신 병마가 얼씬하지 못하게 하는 이이제이以夷制夷의 방법이다.

비슷한 욕말로 전국적으로 쓰이는 '지랄'도 같은 맥락이다. 지랄은 뇌전증, 간질을 일컫는 말이다. 환자가 발병하면 몸을 뒤틀고, 입에 거품을 물며 발작하는 흉한 모습을 보이는 안타까운 병이다. 이러한 '문디, 염병, 지랄'은 혐오스럽고 불길하고 무서운 질병 욕이다. 하지만 그 저항감의 농도나 세기, 상황에 따라 오히려 마음을 터놓는 친밀감을 표현하기도 하는 오묘한 욕말이다.

가자가자 감나무야 오자오자 옷나무야
시리미테 곰백이야 가장없서 몬살겟나
내엘모래 장에가자 돌문둥이 하나 어더줏게
— 『언문조선구전민요집』(손진태 채록, 1933), 부산 구포

문디라는 하늘이 내린 치명적인 병에, 곡물 이름 보리가 붙어 보리문디라고 하면 더욱 진지해지고 구체적인 욕말이 되었다. 문디와 보리는 무섭고도 서러운 보리밭 문디 전설과 함께, 그 둘은 밀접한 관련성을 맺고 있었다.

60~70년대, 어린 시절에는 실제로 문둥이가 아침이면 밥을 얻으러 마을에 여럿이 돌아다녔다. 문둥이는 흉측한 외형으로 바랭이에 아이를 잡아간다는 중과 함께 공포의 대상이었다. 그리고 문둥이가 보리밭에 숨어 있다가, 문둥병에 특효약이라는 아이 간을 빼 먹는다는 이야기를 수도 없이 듣고 자랐다. 이 이야기는 전국적으로 전해지는 이야기로, 서정주의 시 「문둥이」의 "보리밭에 달 뜨면/ 애기 하나 먹고// 꽃처럼 붉은 울음을 밤새 울었다"라는 시문도 이런 배경을 모티브로 하였다.

그래서 우리는 학교 가는 길에도 그들이 움막을 짓고 사는 곳을 멀리 피해 다녔고, 문둥이가 마을에 나타나면, 쏜살같이 집으로 달려가 대문을 걸어 잠그고 방 안에 숨었다. 그리고 낮에도 보리밭 근처에는 얼씬도 하지 않았으며, 여럿이 보리밭을 지나갈 때는 바짝 긴장하곤 했다.

그런데 이 '아이의 간담을 빼먹으면 문둥병이 치료될 수 있다'라는 보리밭과 문둥이와 연관된 괴담이 그냥 속설이 아니라, 실제 사회적 이슈로 문제가 되어 『조선왕조실록』에도 여러 차례 기록되어 있을 정도이다. 그리고 1930년대까지 외진 보리밭에서 아이들이 납치되는 참극이 생겨 더더욱 공포의 대상이 되었다.

"癩病患者나병환자가 五歲兒오세아를 殺害살해 간을 내어 먹었다. 미신으로 고래부터 문둥병에 사람의 간을 먹으면 낫는다는 말이 전한다. 지난 1일 오후 김상선의 오남이 나가서 종일토록 돌아오지 아니함으로 그의 부모가 찾기 시작하야 18일 오전 7시경에 부근 송림에서 무참히 죽은 사체를 발건하얏는데, 그 급보를 들은 경찰서에서는 총출동하야 3시간 반에 범인을 체포하야 조사한바, 1동에 사는 최석문의 처 이분이가 문둥병으로 수월 고생하다가 사람의 간을 먹으면 낫는다는 미신하에서 부부 공모하야 그와 같은 범행을 한 것이 판명되었다 한다."
   – 〈중앙일보〉 1933년 3월 20일

이러한 어리석은 무지와 그릇된 탐욕이 빚은 참혹한 사건은 일제강점기뿐만 아니라 1985년까지도 실제로 일어나 세상을 떠들썩하게 했다. 이렇게 숙명적이고 참혹한 천벌 같은 문둥병과 보리밭의 서러운 전설로 역신을 속이는 주문 같은 보리문디가 탄생했다. 어쩌면 지독한 욕 같은데 전혀 욕 같지 않은, 정이 뚝뚝 흐르는 보리문디의 순탄하지 않은 여정이다.

문디야 문디야 보리밭에 문디야
해 빠졌다 나오니라 아 잡아무거로 나오니라
   – 경남 거창

보리밭 사잇길로 걸어가면

명곡은 세월이 지나가도 시대를 뛰어넘어 오랜 시간 동안 잊히지 않는 생명력 있는 노래를 말한다. 1952년 피난 수도 부산의 바닷가 대폿집에 이북 사투리를 쓰는 두 청년이 앉아 상념에 젖어 있었다. 한 사람은 동요 '과수원 길'의 작사가인 박화목 시인이었고, 한 사람은 '광복절의 노래'를 작곡한 윤용하였다.

두 사람은 29세, 28세로 연배도 비슷하고 고향도 같은 황해도이고, 만주에서 비슷한 시기에 공부도 하였다. 그리고 둘 다 자유를 찾아 월남한 예술가들이고, 같은 군속이라 몇 년 전 서울방송국에서 만나 지금까지 자연스럽게 친하게 지내고 있었다.

"박 형, 나 노래를 만들어야겠어. 전쟁의 폐허와 참담한 현실 속에서 국민에게 서정적인 따뜻함을 줄 수 있는 그런 노래를 말이오. 박 형이 글을 좀 써 주오."

마침 박화목은 며칠 뒤 고향의 보리밭을 생각하며 가사를 썼고, 이 시를 받아든 윤용하는 실제 넓은 명지 보리밭을 걸어가며 음악적 영감을 얻었다. 그렇게 사흘 만에 명곡 '보리밭'이 탄생했다.

> 보리밭 사잇길로 걸어가면
> 뉘 부르는 소리 있어 나를 멈춘다
> 옛 생각이 외로워 휘파람 불면
> 고운 노래 귓가에 들려온다
> 돌아보면 아무도 뵈이지 않고
> 저녁놀 빈 하늘만 눈에 차누나

'보리밭'의 가사는 능수능란하고 현란한 문구 하나 없어도, 말 그대로 버릴 것이 하나도 없는 고향 정서의 바이블이었다. 이 가사를 쓴 시인 박화목朴和穆, 1923~2005은 황해도 황주 출신으로 만주로 건너가 봉천 신학교를 졸업하고 신학과 문학을 공부하다가, 광복 직전에 귀국하였다. 그러나 북한의 공산화가 심화하자 월남을 결심하고 삼팔선을 넘었다. 고향을 잃은 박화목은 평생 고향을 그리며 살았다. 그의 시와 노랫말에는 보리밭뿐만 아니라 '동구 밖 과수원 길' 같은 두고 온 고향을 그리는 절절한 추억과 향수가 담겨있다.

그러나 삶과 죽음이 갈라지는 폭음과 아우성의 전쟁 한복판에서 너무나 목가적이고 평화로운 '보리밭' 이 기대고 설 땅이 없었다. 그렇게 전쟁 속에서 탄생한 이 아름다운 노래는 묻혀버렸다. 그리고 전쟁이 끝나고 20년이 지나 버렸다.

1971년 TBC 7대 가수 출신의 앳된 21세 문정선은 악보를 하나 받았다. 원래는 합창곡, 가곡으로 쓰인 곡인데, KBS 악단장 김강섭이 편곡해 대중가요처럼 약간 빠른 슬로우 고고풍으로 만든 박화목 작사, 윤용하 작곡의 '보리밭' 이란 곡이었다.

이 곡은 발표되자마자 고향의 보리밭 길을 걸어가는 듯한 주옥같은 가사와 부드럽게 이어지는 서정적인 음률로 삽시간에 전국적으로 엄청난 인기를 끌게 되었다. 특히 일자리를 찾아 상경한 시골 출신들이 타향살이하면서 느꼈던 서러움을 이 노래가 눈물을 닦아주며 다독거려 주어 향수를 달래주는 명곡이 되었다.

이 노래는 참 특이한 것이 대중가요로 불러도 좋았고, 가곡으로 불러도 좋았다. 그리고 독창도 어울리고, 합창도 어울리고, 빨리 불러도 좋고 느리게 불러도 좋은 그런 곡이었다. 그래서 전국의 합창단과 중창단의 기본 레퍼토리 곡이 되었고, 웬만한 성악가라면 발표회의 단골 곡으로 꾸준하게 사랑받는 곡으로 등극하였다.

그러나 운명이란 가혹했다. '보리밭' 이 인기를 끈 것은 안타깝게도 윤용하가 '보리밭' 을 작곡한 지 20년이 지나서였고, 그가 세상을 떠난 지 6년이 지나서였다. '보리밭' 노래가 인기를 끌자

원곡에 관한 관심이 커지면서, 윤용하에 대한 대중의 궁금증이 커지기 시작했다. 언론에 의해 그의 면모가 밝혀졌다.

윤용하는 1922년 일제 치하에서 황해도 은율에서 9남매 중 첫째 아들로 태어났다. 독실한 가톨릭 집안으로 어릴 때부터 오르간과 노래를 좋아해서 성가대 활동도 하고, 성극에도 출연하는 등 예술적 재능이 탁월했다. 그렇게 고향에서 보통학교에 다니다가 옹기를 만들었던 부모님을 따라 만주로 건너가 봉천 보통학교를 졸업했다.

가난이 숙명이었던 그는 이 보통학교 졸업이 최종 학력이었다. 그 대신 당시 외국인들이 주로 다니던 만주의 가톨릭교회에서 합창단원으로 활동하면서 본격적으로 음악을 독학으로 파고들었다. 이 청년의 음악적 열정에 감동한 프랑스 영사 부인이 오르간과 노래를 가르쳐 주기도 하였고, 비록 장남이라는 굴레로 성사는 안 되었지만, 프랑스인 신부는 윤용하를 아예 프랑스로 유학을 보내려는 계획도 세웠다.

소년 윤용하의 재능을 알아본 봉천방송국 관현악단의 일본인 지휘자 가네코로부터 화성법과 작곡법을 배웠다. 그리고 거의 독학으로 음악에 심취하여 교향곡, 합창곡 등을 작곡하였다. 윤용하는 이미 19세에 만주 작곡가협회 회원, 봉천 조선인합창단 단장, 신경 가톨릭 성가대 지휘자로 활동하며 그 천재성을 인정받았다. 20세에는 칸타타 '조선의 사계'를 작곡하여 직접 지휘해

봉천 조선합창단과 봉천 방송관현악단의 협연으로 공연을 하기
도 했다.

그 후 일제에 의해 강제 징병으로 끌려가던 도중, 탈출에 성공
해서 간도 사범학교 음악 강사를 하다가 해방을 맞이하게 되었
다. 해방 후 북한에서 음악 교사를 지내다가 공산정권에 염증을
느껴 1946년 여름 삼팔선을 넘어 월남하였다. 그리고 서울 동북
고 음악 교사를 지내며 음악인들과 함께 음악가협회를 조직하여
'새 가곡 보급 운동' 을 전개하였다.

갑자기 맞은 해방 조국은 대부분이 왜색 유행가이고 한국어 노
래가 거의 없었다. 그래서 주로 시인들이 쓴 시에 작곡가들이 곡
을 붙여 새 가곡을 만드는 작업이 정책적으로 이루어졌다. 1949
년 광복절이 제정되며 짧지만 강렬한 만족적 염원을 담은 정인보
작사, 윤용하 작곡의 '광복절의 노래' 가 만들어졌다.

> 흙 다시 만져보자 바닷물도 춤을 춘다
> 기어이 보시려던 어른님 벗님 어찌하리
> 이날이 사십 년 뜨거운 피 엉긴 자췬니
> 길이길이 지키세 길이길이 지키세

6.25 한국 전쟁이 발발하자 윤용하는 전시 정부를 따라 부산으
로 피난을 갔다. 창설된 지 얼마 안 되는 각 군은 대표 군가가 거
의 없었다. 윤용하는 자갈치에 사무소를 둔 해군 종군음악가단에

합류하여 '해병대가' 등 여러 군가를 작곡했고, 어린이 합창단을 만들어 전시동요 발표회를 열었다.

> 동해의 솟는 해를 가슴에 안고
> 저녁 바다 밀물의 파도를 타며
> 가는 곳마다 그 이름 승리의 용사
> 오 아느냐 대한 해병대

아이러니컬하게도 이런 숨 막히는 역동의 근대사 와중에 그토록 서정적인 '보리밭'이 탄생한 것이다.

천재적인 음악적 재능은 있었지만, 보통학교밖에 안 나와 내세울 학벌이 없어 괄시만 받고 살았다는 사실이 알려지며 대중은 통분하였다. 그리고 명색이 음악가지만 세상을 떠날 때까지 판잣집 단칸 셋방살이를 하면서, 오르간 하나 마련하지 못했던 사실에 모두 눈물을 흘렸다.

그는 식민지 조국에서 만주를 전전하며 살았던 관계로, 철저한 민족주의자였고 애국심이 남달랐다. 피난 시절 부산에서 어린이 합창단을 지도하면서 학생들과 국기 게양식을 하고 수업을 진행할 만큼, 나라 없이 떠도는 '디아스포라의 서러움'을 철저하게 경험했다.

1958년, 삼일절 행사장 문화인총연합회 뒤풀이에서 간부들이 일본어로 대화하는 것을 보고 크게 욕을 하며 판을 엎어버렸던 일화는 유명하다.

> "이보시오, 오늘이 무슨 날이오. 그래, 민족예술을 지도한다는 양
> 반이 하필 삼일절에 일본말로 후배들과 지껄인단 말이오. 그러면
> 서 제자들을 어떻게 가르친다고 강단에 서시오?"

윤용하는 평생 가난하게 살았지만 비굴하지 않았고, 보통학교
학력이지만 좌절하지 않았다. 그의 음악은 식민지 시대를 살아가
며 불의와 타협보다는 민족의 자유와 정의를 지향한 한 남자의
고뇌가 묻어있었다. 그리고 1965년 43세의 젊은 나이에 가난과
간경화와 영양실조로 이 세상을 떠난 사람이라는 사실에, 사람들
은 자신들과 별다를 게 없었던 천재 음악가의 서러운 죽음에 더
욱 '보리밭'을 가슴 시리게 불렀다.

원곡 악보라도 찾아 그를 추모하고 싶었지만, 유족들이 전세방
을 하도 옮겨 다녀서 유품이 거의 없는 상태였다. 그러나 윤용하
는 역시 하늘이 내린 음악가였다.

1974년의 일이었다. 이부영 동아일보 기자가 종로구 세검정에
취재 갔다가 좁은 골목을 지나고 있었는데, 겨우내 집 안에만 갇
혀있던 아이들이 쏟아져 나와 골목이 시끄럽게 놀고 있었다.

한 아이가 날린 종이비행기가 이부영 기자의 발 앞에 떨어졌
다. 이 기자가 그 종이비행기를 주워 아이들 쪽으로 날리려고 하
다가, 무심코 종이비행기를 펼쳐 보니 수상한 악보가 그려져 있

었다. 자세히 보니 '윤용하 곡'이라고 쓰인 글이 보였다. 항간에 소문으로 떠돌던 그 윤용하의 육필 '보리밭' 악보가 종이비행기로 이부영 기자의 앞으로 날아온 것이다.

떨치려 해도 끝까지 달라붙는 보리 까끄라기 같은 박화목 작사 윤용하 작곡의 '보리밭'은 마치 질 짜인 드라마 반전같이 질긴 생명력으로 다시 우리 앞에 아름다운 풍경으로 펼쳐졌다.

미역국에 밥 한 그릇

초판 인쇄 | 2022년 11월 11일
초판 발행 | 2022년 11월 15일

지은이 | 김준호
그린이 | 손심심
펴낸이 | 신중현
펴낸곳 | 도서출판학이사

출판등록 : 제25100-2005-28호
주소 : 대구광역시 달서구 문화회관11안길 22-1(장동)
전화 : (053) 554~3431, 3432
팩스 : (053) 554~3433
홈페이지 : http:// www.학이사.kr
전자우편 : hes3431@naver.com

ISBN _ 979-11-5854-395-2 03810

* 이 책은 대구출판산업지원센터의 '2022년 대구지역 우수출판콘텐츠
  제작 지원 사업'에 선정되어 발행되었습니다.